LEICHT
JENS K. BERG

AF208553

Das Buch

Was würdest Du tun, lieber Leser, wenn Dir über Nacht eine besondere Gabe verliehen würde? Nimmst Du es ebenfalls alles andere als leicht?

Helmut steht mit beiden Beinen im Leben. Liebt seine Arbeit und seine Freundin. Ein Geschenk zu seinem vierzigsten Geburtstag bringt ihn allerdings völlig aus dem Tritt. Plötzlich ist alles anders. Und die folgenden Tage lassen den Vierzigjährigen im wahrsten Sinne des Wortes *abheben*. Willkommen in Helmuts Welt ...

Der Autor

JENS K. BERG wird 1965 geboren. Entdeckt früh die Liebe zum Schreiben. Es entstehen zahlreiche Artikel und Storys.

JENS K. BERG

LEICHT

ROMAN

BOOKS ON DEMAND GMBH

Bibliografische Information Der Deutschen Bibliothek
Die Deutsche Bibliothek verzeichnet diese Publikation in der Deutschen
Nationalbibliografie; detaillierte bibliografische Daten sind im Internet
über http://dnb.ddb.de abrufbar.

Covergestaltung: Jens K. Berg
Herstellung und Verlag: BoD - Books on Demand, Norderstedt
Printed in Germany

ISBN 978-3-8482-6084-3

FÜR R.

EIGENTLICH BEGINNT ...

... alles in der Nacht vor seinem Geburtstag. Im Grunde genommen ein Tag wie jeder andere. Und eigentlich wie immer in den Jahren vorher. Nur diesmal durchschüttelten ihn nächtliche alptraumhafte Zustände.

Quälende Fragen wie *Wo ist die Zeit geblieben?* ergriffen Besitz von ihm. Gedanklich durchquerte der gereifte Mann das bisherige Leben, *sein* Leben wohlgemerkt. Bis weit zurück an den Anfängen selbstständigen Denkens. Freudige Ereignisse wurden herbei gesehnt. Endlich volljährig sein! Heutzutage war man dies mit achtzehn, und die Zeit wollte und wollte nicht vergehen. Nachdem dann doch endlich erreicht, schlug der unsichtbare Gong die Zwanzig. Dies war vor genau zwanzig Jahren! Nun empfand er es mehr als Hohn.

Wo sind die Jahrzehnte hin! An vieles mochte er sich heute vielleicht erinnern; in einigen Jahren würde dies jedoch drastisch geschrumpft sein! Und was hat er erreicht? Wo waren sie hin, *seine* Ziele? Als kleiner Junge sah er interessiert und neugierig in die Welt; als Jugendlicher erfassten ihn gesellschaftliche Zwänge und mit der Neugier ging es bergab. Und nun?

Genervt war er mehrmals aufgestanden. Hatte getrunken, als ob er so die Gedanken einfach wegspülen könne. Hatte geraucht, als ob der Blaue Dunst sie vernebeln konnte. Lag er wieder, holten sie ihn rascher ein, als ihm lieb war. Der Kreis war geschlossen! Gefangen im Kern seiner Ängste, die die Zukunft betrafen und die Gegenwart unerträglich machten. Entfliehen? Ausbrechen? All das aufgeben? *Gähn.*

Gegen fünf Uhr morgens entschlüpfte er der aufdringlichen Gedankenwelt doch noch, wenn es auch nur für drei Stunden war.

I.

„Happy birthday to you, happy Birthday to you, happy Birthday dear Helmut, happy Birthday to you!"

Besonders Irene singt laut, wenn auch nicht besonders gut. Es ist ihre Art sich hervorzutun. Auffallen um jeden Preis. Dabei war das Englisch der Kollegin eine Katastrophe.

Die Kollegen hatten richtig Spaß.

„Na, wie fühlt man sich mit 'ner vier vorn dran?"

„Nicht besser oder schlechter, Jürgen."

Helmuts Lachen wirkt gekünstelt.

„Dafür siehst aber schlecht aus."

Helmut winkt ab. Wenn die wüssten!

Auch die Neue gratuliert überschwänglich. Sabine heißt sie, so glaubt Helmut wenigstens den Namen verstanden zu haben.

Auf den Schreibtisch steht ein Kuchenblech. Selbstgebackenes liebt er abgöttisch. Besser als all das Zeugs aus dem Supermarkt. Fortschritt kann manchmal so fad sein.

Im Mittelpunkt stehen möchte Helmut nicht so gern. Dadurch fühlt er sich in seinen Handlungen gehemmt. Er ist ein durchschnittlicher Mitläufer; mit eigenen Gedanken zwar, dennoch angepasst und integriert. Unvorhergesehene Dinge erschrecken ihn. Er hat den Anspruch selbst Entscheidungen zu fällen; auch der eben gegebenen spontanen Party. Das Gefühl von Ausgeliefertsein war erschreckend.

Interessantes bietet der Tag nicht. Schreibkram, verschiedene Briefe, Zehn-Uhr-Zusammenkunft. Mittags geht's raus zum Kiosk. Bockwurst und ein trockenes, altbackenes Brötchen ist seine Jubilar-Mahlzeit. Dazu eine Dose Cola, deren Süße ein krasser Gegensatz zum Senf ist.

Nachdem das Geburtstagskind den letzten Happen hinuntergewürgt hat, geht Helmut schlendernd über die Straße. Keinen Blick den überfüllten Schaufenstern schenkend, erreicht er die

Kreuzung. Die Sonne brennt auf der Stirn. Kein Lüftchen lindert die Hitze. Schweiß perlt an den ergrauten Schläfen herab.

Vierzig!

Eine Zahl verändert alles Bisherige. Liebgewonnenes spielt kaum eine Rolle. Infrage stellt Helmut Alltag und Vorlieben, Ideen und Realisationen. Einfach alles.

Was wird einmal von ihm bleiben? Wird sich irgendein Mensch sich seiner erinnern? Wenn ja, wie?

Die halbleere Cola-Büchse fliegt in den Papierkorb. Die Pause ist beendet.

Später Nachmittag. Das Telefon klingelt. Es ist Paps. Die Eltern wohnen am Stadtrand in einem von Grün umrandeten Grundstück. Nach dem Tod der Großeltern, denen das Anwesen gehörte, zogen Mutter und Paps dorthin.

„Alles Gute im Neuen Jahrzehnt, mein Junge."

Paps hat es immer noch nicht verstanden. Ein Jahrzehnt beginnt mit der Eins und nicht mit der Null. Für eine diesbezügliche Diskussion hat Helmut jetzt keinen Bock.

„Danke, Paps."

„Wie sieht's bei dir am Wochenende aus? Wir wollten dich und Kerstin gern zum Feiern einladen. Deine Wohnung …"

Nur halbherzig lauscht Helmut den Ausführungen Vaters. Gern erklärt er ausführlich Entscheidungen. Damit ja von vornherein diese feststehen.

„Am Samstag wollten wir eigentlich gemeinsam …"

„Lad' sie doch ein und dann kommt ihr zusammen zu uns. Da habt ihr keine Arbeit. Mutter hat vor zu backen. Für den Abend gibt's Gegrilltes. Das liebst du doch!"

„Ja, schon", sagt Helmut gedehnt. Allein bei der Vorstellung läuft ihm das Wasser im Munde zusammen. „Und Nudelsalat."

Paps lachte.

„Kannst ja noch ein paar Getränke mitbringen, Junge."

Es ist verlockend, das Wochenende behütet zu verbringen.

„Was macht Kerstin? Ist sie bei dir?"

War klar.

„Nee. Wir telefonieren nachher. Sie ist zur Weiterbildung. Weißt doch: Ohne Fleiß kein Preis."

Jetzt lachen beide gemeinsam.

„Die Zeiten sind hart, mein Junge. Da muss jeder mit den Hintern sehen, wie er an die Wand kommt."

„Kennst mich doch."

„Gut, mein Junge. Also noch mal: Alles Gute und überleg es dir wegen Samstag."

Tut – tut – tut …

Aufgelegt. Typisch Paps.

Schmunzelnd drückt Helmut den Aus-Knopf seines Schnurlostelefons. Das Leben ist hart und da gibt's nicht viel zu lachen! Situationen wie diese, auch wenn es nur Worte sind, erleichtern den Alltag ungemein.

Der Blick in die Küche ist deprimierend. Seit Tagen stapelt sich der Abwasch. Dreckige Teller, Kaffeetassen, unzähliges Besteck. In der Ecke stehen zwei dickgefüllte Müllbeutel. Auch die Gelbe Tonne wartet auf Entsorgung. Kochen ist unter diesen Umständen kaum möglich.

Ein kläglicher Seufzer dringt aus seiner Kehle. Lustlos setzt er sich ins Wohnzimmer.

Gedankenverloren nimmt er die Fernsehzeitung der nächsten vierzehn Tage zur Hand. Außer zahlreichen Wiederholungen nichts Sehenswertes. Wütend wirft er sie auf den Glastisch. Irgendwie ist er müde. Kein Wunder, bei dieser Nacht!

Nach neunzehn Uhr lässt er Badewasser ein. Genau das Richtige um entspannen zu können. Im Wasser mit den wertvollen Extrakten von Meeresalgen und Kastanien fühlt er sich sofort wohl. Genüsslich schließt Helmut die Augen. Normalerweise verläuft ein Wannenaufenthalt mit einem guten Buch. Doch heut ist ihm nicht danach.

Das Telefon läutet. Aus weit entrückter Ferne vernimmt er es beiläufig. Irgendwie passt die Melodie nicht wirklich ins Geschehen; sie wirkt irreal und fremd und nervt.

So wie erklungen verstummt das Geräusch wieder. Und ungestört nutzt Helmut die Gelegenheit des Dösens.

Irgendwann ist es eben doch vorbei mit der Ruhe. Aus dem leichten Dösen ist kurzer, tiefer Schlaf geworden. Während das Wasser naturgemäß abkühlt, und nicht alle Körperteile vollständig geflutet sind, lässt ebenfalls die Zehenkraft nach. Frierend öffnet er die Augen und – erschrickt fürchterlich.

Bedrohende Wogen schaumlosen Wassers stürzen auf ihn ein. In seiner Not rudert Helmut haltsuchend mit den Armen. Doch wie es ebenso ist im Leben: Ein Unglück kommt selten allein! Die brodelnde Badewanne und seine falsche Einschätzung darüber lassen ihn prustend mehrere Schlucke nehmen. Zum Glück kommt er – wenn auch mehr zufällig als geplant – an dem am Überlauf befindlichen Ablasshebel. Gurgelnd strömt das Wasser in die Tiefen der Kanalisation.

Denken kann er gerade nicht. Noch immer hektisch und immer aufs Neue abrutschend gelingt Helmut endlich das, wonach er sich im Augenblick am meisten sehnt: Er kommt heraus aus glitschiger Emaille und endlich auf die Füße. Mit weichen Knien hechelt er nach Luft. Das Herz klopft spürbar in der Brust. Es fühlt sich an, wie das klägliche Stottern eines Motors.

‚Oh – ich werd alt ...'

Eine ganze Weile noch ist er Gefangener der Ursachenforschung. Und wie oft er den Kopf schüttelt, wird wohl für alle Zeiten ein Geheimnis bleiben. Im Bademantel durchstreift er die Wohnung.

Im Kühlschrank findet Helmut eine Dose Altbier.

‚Ich brauch erst mal was stärkeres …'

Gedachtes muss sofort in die Tat umgesetzt werden. Die Dose findet am Rand der Anrichte schrägen Stand, und Helmut in der Wohnzimmereigenen Bar das Gesuchte in Form glasklaren Schnapses. Nicht über das Beinah-Unglück hinwegkommend, schraubt er am Verschluss, setzt die Flasche an und gönnt sich einen tiefen Schluck.

Es klopft an der Tür. Speiseröhre und Mageneingang wehren sich der ungewöhnlichen Schärfe in Form heftigen Brennens. Er geht hustend und gebückt zur Tür.

„Ah, Frau … Putschinsk. Hallo."

„Ich war so freundlich und habe ein Päckchen für Sie angenommen, Herr Hargener. Der nette Bote bat mich. Da konnt' ich natürlich nich nein sagen."

„Wirklich … wirklich lieb von Ihnen …"

Helmut kämpft nun mit einem klaren Blick.

„Is von der Omi. Bestimmt haben Sie's schon erwartet."

„Danke, Frau Putschinsk. Aber Sie sehen ja, ich bin gerade ein wenig indisponiert."

Frau Putschinsk Blick mustert ihn verstohlen. Bis in einer gewissen Höhe sich aufrichtend, errötet die ältere Dame dann doch, weil der Bademantel einen kurzen Blick auf seine Blöße frei gibt. Schnell drückt sie Helmut das Päckchen in die Hand und geht.

„Danke …"

Doch Frau Putschinsk hört es nicht mehr. Ein Klappen und ihre Wohnungstüre ist zu und er steht allein da.

Während er auch in der Wohnung verschwindet, bemerkt er, mit welcher Lässigkeit der Bademantel gebunden ist. Und jetzt will er nur noch in Scham versinken.

Nicht mein Tag heut'! Nein – nicht mein Tag …

Kraftlos sinkt er in den Sessel.

Seit jeher öffnete Helmut Geschenke genau zu dem Zeitpunkt, als er diese wundersame Welt betrat: Fünf vor Zwölf! Und bis dahin sind es noch ein paar Stündchen.

Der Fernseher läuft. Über dreißig Programme und doch läuft nichts Gescheites! Nachrichten des Tages, die die vom Vortage übertreffen wollen in Quotenträchtiger Manier. Endlos Serien die nichts sagen. Zwanzig Uhr fünfzehn soll ein Daumen-hoch-Spielfilm gezeigt werden, der laut Programmzeitschrift interessant, actiongeladen und jede Menge Erotik bietet. Statt sich der Fernsehwelt hinzugeben gibt es Zapping for doing.

Wow! Dino-Dokumentation. Kampf um die Vorherrschaft vor Jahrmillionen! Cool! Was die nicht alles heute wissen!

Helmut macht es sich bequem, immer noch im Schlapper-Bademantel-Look. Die monotone Männerstimme macht ihn schläfrig. Zwischendrin schrickt er auf, da die von der Werbung wieder mal alles viel zu laut einem aufdrängen. Machte er jetzt leiser, käme die Männerstimme kaum noch zur Geltung.

Wie schön war das doch früher. Damals war ja bekanntlich alles besser. Die Zeit müsste man einfach noch Mal zurückdrehen können. Nicht grad das gesamte Programm, nur die Highlights! Jupp! Das wär' was vernünftiges.

Ja, die gute alte Zeit. Den Tag genießen mit Dingen, die man selbst will. Heut' sagt man dazu: In den Tag leben. Einige Zeitgenossen mochten dies auch tun. Denkt Helmut an Frau Putschinsk zum Beispiel, die in Vor-Ruhe gegangen ist. Was macht die eigentlich den ganzen lieben langen Tag, außer Leute still und heimlich hinter den Gardinen zu beobachten? Lebt allein. Na ja. Soll sie ja.

Als Kind lebt sich's allemal leichter. Du brauchst Dich nicht ums Essen zu kümmern. Das Bett wird Dir gemacht. Okay: die Schule ist nicht berauschend. Jeden morgen früh' raus. Mit dem schweren abgewetzten Ranzen. Da denkt Helmut lieber an die Ferien. Schöne, lange Ferien. Im Sommer acht Wochen.

,Wie hab ich mich drauf gefreut.'

Ein alles verklärendes Lächeln entspringt den Mundwinkeln. Doch wie schnell waren die Monate um. Ja alles, was man gern tut, vergeht einfach schnell. Viel zu schnell! Was nicht alles in acht Wochen erlebt werden konnte. Zugegeben: Hätte es damals Spielekonsolen, Computer und TV in jedem Zimmer gegeben, wäre so vieles anders gekommen. Doch so …

Fahrradfahren – viel zu schnell auf der Straße vorm Block unterwegs. Mann – waren das Stürze. Und Jod das Allheilmittel!

Helmut kichert in sich hinein. Ihm kommt gerade in den Sinn, wie er leicht-pedalig auf die Mädchen schielte, und über einen Ball das Rad lenkte. Nein! Da will er am liebsten noch heute in den Erdboden versinken. Obwohl nichts passiert war. Aber peinlich!

Großvater schenkte ihm das Rad. Da ging er noch nicht auf die Schule. Den ganzen Nachmittag humpelte er neben den Fahranfänger. Auf die Stützräder verzichtete er bewusst. Nur so war dem Kleinen das Gefühl fürs Gleichgewicht beizubringen. Und wie das klappte! Abends daheim eine letzte Runde. Ratsch! Die Kurve zu steil genommen und Restsplitt ließen die Richtung einhalten. Mit dem Resultat, dass für mindestens ein halbes Jahr das Rad als Gegner angesehen wurde.

Federball ein weiterer Zeitvertreib. Natürlich nur bei schönem Wetter. Stürmte es zu sehr, war man länger am Suchen, als am Spielen. Fußball natürlich nicht zu vergessen. Zwischen den Häusern musste sehr aufgepasst werden. Zu viele Scheiben konnten mit dem Tor verwechselt werden. Also ging's hoch hinaus. Dachziegel klapperten, wenn der Ball aufschlug und hinter dem Haus irgendwo im Gebüsch verschwand.

Im Nachhinein keine Spitzenleistung, doch lustig allemal.

Früher, als die Welt noch in Ordnung war und alles vor den kleinen Helmut weitestgehend ferngehalten wurde, war ausreichend Zeit vorhanden, sich auf traditionelle Ereignisse zu freuen. Dies waren vor allen Dingen Daten, an denen der eigene Besitzstand sich ausdehnte; sprich, wenn es Geschenke gab. Weihnachten mit seinem geheimnisvollen Flair, ist nach wie vor der Spitzenreiter. Dann die eigenen Geburtstage. Auch wenn so manches Geschenk in den Strudel des Vergessens und früher oder später in den Müll geriet, handelte es sich hierbei um besondere Tage. Endlich stand Helmut im Mittelpunkt der Aufmerksamkeit. Jeder – nun ja fast jeder gratulierte – wobei oft purpurne Röte dabei sein Antlitz schmückte. Mittelpunkt gut und schön, doch so viel auf 'm Haufen? Geballte Zuneigung sozusagen. Auch von denen, die nicht auf der Liste „geliebter Mitmensch" standen.

Helmut räuspert sich bei dieser Erinnerung. Gut dass es diese Liste nur in seinem Kopf gab und noch gibt. Braucht nicht unbedingt jemand zu wissen, findet er.

Mit acht Jahren bekam er von Oma einen Vogel geschenkt. Auf vielfachem Wunsch des kleinen Helmuts kam sie diesem nach. Im Laufe der Jahre wurde aus einem zwei, aus zweien drei und aus denen wiederum nochmals zwei mehr. Eine so genannte *Vögelei!*

Früher schirmten die Eltern ihren Nachwuchs von auftretenden Gesellschaftswirren noch ab. Dadurch waren die Tage selbstverständlich auch ganz anders nutzbar. Einmal in der Woche Zimmer putzen und scherbenfrei abwaschen ein Klacks. Viel Zeit zu träumen und in Vorfreude schwelgen. Jupp!

Schlagartig vorbei für Helmut war dies alles bei Antritt seiner Lehre. Anderer Ort, herausgerissen aus dem kuscheligen Nest und freigelassen für die andere Seite des Lebens. Neue Mitschüler, neue Lehrer, neue Ausbilder – ansonsten alter Stoff! Helmut verstand das nie. Mathe, Zeichnen, theoretische Grundlagen für die Festigung gesellschaftspolitischer Ansichten im Zuge des Aufbaus. Ein Phrasenfach – mit Recht hinuntergespült in die Geschichts-Kanalisation menschlicher Irrtümer. Auch für Helmut war am eigenen Leib spürbar die Einbeziehung in die Pflichten der gesellschaftlichen Ordnung. Manchmal schmerzhaft, da eigene Verantwortung nicht nur einmal böse drückte. Mattigkeit am Tag, geschuldet der neuartigen Eindrücke und Forderungen, stand Schlaflosigkeit in der Nacht gegenüber. Ein nicht notwendig erstrebenswertes Ziel. Doch wie sagte stets Mutti: Lehrjahre sind keine Herrenjahre! Wohl war. Doch die Zeit der behüteten Sorglosigkeit war vorbei.

Mit achtzehn hoffte Helmut endlich, wenigstens nach außen hin vollständig integriert zu werden in die Reihen der Erwachsenen. Genau kann er sich erinnern an den Endlich-hab-ichs-geschafft-Tag. Zukunftsvorstellungen im Rausch eigener Unfehlbarkeit und alles besser machen, als je eine Generation vor ihm – das wollte Helmut. Die Welt verbessern! Und was war übrig geblieben? Ein stillschweigender Mitwanderer.

Wo ist nur die Zeit geblieben? Wo all die langen Jahre?

Vierzig Jahre – einfach mal so mir nichts, dir nichts – wech! Wie heiße Luft, die in den Weiten des Kosmos verschwindet. *Wusch!* Das sind vier Jahrzehnte. Vier mal zehn Jahre. Und das ganze mal dreihundertfünfundsechzig Tage macht … vierzehntausendsechshundert Tage. Summa summarum achthundertsechsundsiebzigtausend Stunden. Ein alter Mann! Halt!

Helmut nimmt eine gerade Haltung im Sessel ein, so wie er es immer macht, wenn etwas im Kopf nicht so wollte, wie er es denn gern hätte. Irgendwas stimmte nicht. Kurz grübelt er. Richtig. Die Schaltjahre nicht mit eingerechnet. Na gut, damit kann er leben.

Noch einmal achtzehn sein! Nö! Oder vielleicht doch mit dem jetzigen Wissensstand?! Hm.

Sch… Gedanken!

Ein wenig geistesabwesend nimmt Helmut wahr, wie im TV Leute mit Sekt anstießen.

„Gute Idee", murmelt er und erhebt sich. Die Flasche mit dem klaren Gerstensaft steht noch auf dem Tisch, doch ihm ist nach etwas herzhafteren. Ein Kognak muss es jetzt schon sein. Aus besonderem Anlass gibt's noch ein schönes Glas dazu. Beim Herausfischen des Glaskelches gerät leider Gottes, der in langwieriger Präzision entstandene Turm verschiedener Gläser ins Wanken und Helmut ins Ungleichgewicht. Tölpelhafte Bewegungen später klirrt es. Zu guter Letzt fällt auch die, in bereits Schräglage befindliche, Bierbüchse den Gesetzen der Schwerkraft zum Opfer.

„Scherben sollen ja gut sein", beruhigt er sich. Mit einem gequälten Lächeln über seine Dummheit hebt Helmut ein verbeultes Etwas auf. Minuten später finden auch die Scherben den Weg in eine neue Bestimmung.

Zittrig wegen der Aufregung eben, schenkt er ein.

„Zum Wohl, Geburtstagskind!"

Verdammt wird das warm!

Unwillkürlich bekommt er Gänsehaut. Um den Geschmack abzumildern greift Helmut entschlossen zur Büchse.

Zisch …

Genau fünf vor Zwölf öffnet Helmut das Päckchen. Frau Putschinsk hat Recht gehabt; es war von Oma. Freude und Spannung empfindend reißt das Papier.

In irgendeiner Ecke des Zimmers klingelt schrill das Handy.

„'n alter Mann ist doch kein D-Zug!"

Am anderen Ende erkennt er Kerstins Stimme. Entschuldigend ihr Tonfall der Störung wegen. Die Freundin, oder Neudeutsch Lebensabschnitts-Verschönerin auf Zeit – früher hieß das *wilde Ehe* – gratuliert mit einem süßen Ständchen. Beide erzählen sich die jeweiligen Tagesabläufe, wobei Helmut das letzte Missgeschick der unfreiwilligen Dusche verschweigt. Dann meint sie gähnend, er solle nicht böse sein. Es war ein langer Tag gewesen. Für den Freitag musste sie noch lernen, denn da fand ja, wie er ja wüsste, eine Zwischenprüfung statt. Und morgen müsse sie sehr früh wieder aus den Federn. Einige Küsse luftiger Art später ist das Gespräch vorbei und Helmut mit sich, dem Fernseher und Päckchen wieder allein.

Oma macht ihm gern kleine Geschenke. Und trotz oder gerade wegen ihrer achtundachtzig Lenze gibt sie sich viel Mühe beim Verpacken.

„Wie Ostern und Weihnachten in einem."

Etwa zehn mal zehn mal vier Zentimeter misst das Paket. Was es wohl verbirgt? Steigende Spannung lässt Helmut nervös werden, zumal das Zeugs von durchsichtigen Klebestreifen mehrmals das Geschenkpapier umrundet.

Es ist weit nach Mitternacht als vor dem nun vierzigjährigen Helmut ein funkelndes, goldenes Amulett lag.

Fremdländische Zeichen prangen mittig, umgeben von der Zeile: SIT TIBI TERRA LEVIS. Weder *Logo* noch Schrift sagen ihm etwas. Kunstvoll ist auch der Rand gearbeitet worden. Augenscheinlich eine alte Arbeit. Die gesamt Rückseite nimmt ebenfalls ein unbekanntes Zeichen ein, doch die Schrift fehlt. Wie Helmut nach längerem Betrachten feststellt, handelt es sich um einen Teil der Signatur von der Vorderseite. Es kann ein kalligraphisches H sein mit einem Zierstern drüber.

Auf einer kleinen Klappkarte liest Helmut Omas Glückwünsche. Kein Wort bezüglich des Amulettes, kein Wort zur Bedeutung.

‚Bezaubernd schön', findet er.

Helmuts Abenteuerlust, seit vielen Jahren im Inneren schlummernd, erwacht. An dieser Stelle sind detektivische Meisterleistungen gefragt. Einen Sherlock Holmes!

Er liebt solche Rätsel. Gierig verschlingt Helmut derartige Bücher, vertieft sich ins Metier. TV-Sendungen mit rätselhaft verborgenen, tiefgreifenden Ereignissen aus vergangenen Epochen, fesseln ihn. Dabei vergeht die Zeit wahrlich wie im Fluge, obwohl tendenziell nur wenig herausspringt, außer der Befriedigung am schlummernden Geheimnis.

Sein allererstes Buch, was er als spätzündender Leser gierig verschlang, handelte von einer geheimnisumwitterten wasserträchtigen Grube inmitten eines dichten, echten deutschen Waldes irgendwo im Lande und nicht minder handelnden Personen. Wer will nicht selbst einmal einen Schatz finden? Einen echten obendrein!

Von allen Seiten betrachtet Helmut das Amulett. War es ein Talisman? Oder ein uraltes Zahlungsmittel? Nein, dann müsste irgendwo eine Jahreszahl eingeprägt worden sein. Vielleicht ein okkulter Gegenstand? Erschrocken über diese Idee, legt er das Geschenk auf den Tisch.

Zahlreiche Fragen überstürmen ihn. Ist es ein Einzelstück? Massenproduktion? Aus welcher Epoche? Fake? Echtes Gold oder gut poliertes Messing?

Helmut beißt hinein.

Verbiegen lässt es sich schon mal nicht. Abdrücke von den Zähnen sind ebenso wenig vorhanden.

Doch wertvoll?

Helmut kann sich nicht erinnern, etwas Ähnliches bereits gesehen zu haben. Weder aus Lexika noch einschlägiger Heraldik-Literatur ist ihm ähnliches bekannt. Wo kann er danach suchen?

Internet, natürlich!

Mittlerweile ist es viertel vor eins. Ungeachtet der bevorstehenden drohend kurzen Nacht wartet er ungeduldig die Aufwach-Prozedur des Rechners ab. Geduld erfordert auch die Einwahl ins Netz. Nachdem endlich die Suchmaske erscheint, weiß Helmut nicht, was er eigentlich eintippen soll. Im Endeffekt schließt er enttäuscht den Laptopbildschirm.

Deutlich spürt Helmut am Morgen den Alp der Nacht im Nacken. Schätzungsweise hat er überhaupt nicht geschlafen. Wenn sich so die Vierzig zeigt, dann Gute Nacht!

Benommen spritzt er sich kaltes Wasser ins Gesicht. Gestrige Eindrücke lasten noch immer auf der Seele. Ihm ist, als sei er unters Rad gekommen. Die Knochen tun weh, Kopfschmerz bis in den Schulterbereich, seltsames Magendrücken.

Helmut schaltet die Kaffeemaschine ein. Gedankenverloren füllt er Wasser nach. Alltägliche Handlungsabläufe bedürfen eben keiner klaren Führung. Bis es soweit ist, setzt sich Helmut an den Tisch. Dort liegt das Amulett immer noch.

Oh Mann …

Der Tag verspricht Sonnenschein. Auf dem Balkon umweht Helmut angenehme morgendliche Frühlingsluft. Auf den Straßen herrscht der nie enden wollende Verkehr. Tausende Menschen strömen zur Arbeit. In einer dreiviertel Stunde wird die Hölle los sein.

Er lässt die Balkontür weit geöffnet. Drinnen kommt es Helmut jetzt ziemlich düster vor. Er sieht nach dem Kaffee und – traut seinen Augen kaum. Statt Kaffee befindet sich nur dreckiges, braunschimmerndes Wasser in der Kanne!

Wütend schaltet Helmut die Maschine aus.

Genervt über sich selbst wirft er die Jacke über, erwischt – während er am Tisch vorbei geht – die Münze, die klanglos in der Hosentasche verschwindet und geht.

„Nicht sehr gesprächig heute, was?"

Es klingt kälter als vielleicht gewollt.

„Midlife Crises?" Sabine grinst provozierend. „Das Alter hast du ja."

Er hebt abwehrend die Schultern. *Wer den Schaden hat …*

„Och … nur schlecht geschlafen."

„Entspannungsschwierigkeiten?" Lasziv zwinkert Sabine ihm

zu.

„Lass mal", wehrt Helmut ab. „Es gibt einfach viel zu tun."

Dreht sich um und lässt die Neue stehen.

Auf dem Gang läuft Helmut Andreas, dem Abteilungsleiter, in die Hände.

„Gut, dass ich dich sehe."

„Herzlichen Glückwunsch, mein Lieber. Tut mir leid, dass ich gestern nicht hier war. Weißt ja, Kundengespräche."

Helmut ist verblüfft.

„Ich wollte dich um ein paar freie Tage bitten …"

„Nanu – Probleme?"

„Nein … oder vielleicht doch. Weiß nicht. Mir geht's grad nicht so gut."

Der Abteilungsleiter tritt einen Schritt zurück und mustert Helmut eindringlich.

„Du siehst blass aus, mein Junge. Ok. Reicht dir der Rest der Woche? Montag haben wir Meeting. Da wäre es gut, du bist dabei."

„Ja, klar."

„Abgemacht. Erhole dich." Andreas klopft ihm freundschaftlich auf die Schulter. „Bis Montag."

Langsam schlendert Helmut durch die vormittäglichen Straßen. So durcheinander wie jetzt war er schon lange nicht mehr. Der Gedanken-Wirrwarr im Kopf wollte nicht enden. Einen Abschalter dafür existiert leider nicht.

Wie hat Helmut doch Leute belächelt, die davon berichteten. War etwa wirklich was dran am Gerede von der Midlife Crises? So wie Frauen in die Wechseljahre kommen?

Helmut wird's heiß.

Auf seinem planlosen Weg irrt er an einem Münzgeschäft vorbei. Ohne weiter nachzudenken betritt er den Laden. Außer einem älteren Herrn, der weit die Siebzig überschritten haben mochte, war nur der Inhaber an seinem Platz hinter der Theke.

„Guten Morgen."

Der Besitzer sieht flüchtig auf, um gleich darauf mit einer Lupe im Auge Münzen zu betrachten.

Helmut sieht sich die Vitrinen an. Seltene Silber- und Goldstücke liegen hinter Panzerglas, ihrer harrend auf möglichst gutbetuchte Käufer. Soweit Helmut es übersehen kann mussten im Raum Tausende von Euro lagern.

„Haben Sie einen Wunsch, der Herr?"

Erst jetzt bemerkt Helmut, dass der Besitzer neben ihm steht.

„Ich … hab eine Frage …"

„Ja?"

Umständlich kramt Helmut das Amulett hervor.

„Können Sie mir hier vielleicht dazu etwas sagen?"

Der Händler nimmt das Amulett.

„Erbstück?"

Helmut lächelt. „Nein – ein … Geschenk meiner Großmutter zum Vierzigsten."

Was Helmut jetzt nicht bemerkt ist, wie der ältere Mann interessiert den Kopf hebt und Helmut verstohlen anblickt.

Hinter der Theke nimmt der Händler erneut die Lupe.

„Keine Jahresprägung. Hm. Vergoldet. Herkunftsangaben fehlen." Er spricht gedehnt. „Vom Gewicht her …" Prüfend wiegt der Händler das Amulett in der Hand, legt es auf die bereitstehende Waage. „Drei Komma … sieben vier Gramm." Mit einer Schiebelehre misst er den Durchmesser, der genau dreißig Komma sieben vier Millimeter misst. Anschließend nimmt er noch einmal die Lupe.

„Nein. Tut mir leid. Ist mir unbekannt."

„Schade … Und was die Worte und die Zeichen bedeuten könnten?"

„Ist Latein. Und die Zeichen sind vermutlich Kalligraphie Arbeiten. Künstlerisch nicht wirklich ansprechend."

„Sit tibi terra levis", hört Helmut dicht neben sich. Verdattert sieht er in die blinzelnden Augen des Alten. „Sit tibi terra levis!"

„Und was bedeutet das?"

„Möge die Erde dir leicht sein."

„Sie kennen diese Amulette ..."

„Mein Ur-Ur-Urgroßvater besaß angeblich eines."

„Erzählen Sie ..."

„Nicht hier, mein Junge. Nicht hier."

Nun ist es bereits der Zweite, der Helmut heute als Junge betitelt.

„Wo dann?"

„Gehen wir ein Stück. Um die Ecke gibt es einen Imbiss."

„Okay."

Circa vier Minuten Laufzeit, dann erreichen beide, stumm nebeneinanderher gehend, besagte Lokalität. Helmut bestellt zwei Bier und sie setzen sich etwas abgelegen auf eine Bank. Im Rücken der Stadtpark.

„Seit wann hast du die Münze?", die Frage stellt der Alte Helmut ohne Umschweife.

„Seit gestern."

„Gut." Der Alte nimmt einen kräftigen Schluck. „Beginnt dein Name mit dem Buchstaben H?"

Verblüfft nickt Helmut. Immer seltsamer wird ihm zumute.

„Dacht ich's mir doch. Und du bist ... vierzig?"

Wieder kann Helmut nur nicken.

Das Lächeln des Alten war großherzig, ja fast väterlich.

„Solch ein Amulett, wie du es nennst, sagt man auch meinem Ur-Ur-Ur-Urgroßvater nach."

„Hat er es ... gemacht?"

„Nein, nein. Nur von irgendwoher bekommen. Nachforschungen diesbezüglich führten ins Leere. Die Münze brachte ihm auch kein Glück."

„Inwiefern?"

„Die Münze hat mit Numismatik nicht das Geringste zu tun. Es gibt die Legende, dass es ein Alchimist war, der sie prägte. Irgendwann im Mittelalter, vielleicht sogar viel früher. Von diesen Münzen gibt es laut Legende nur vierzig Stück."

„Was bedeuten die Zeichen?"

„Der Alchimist, so sagt man, hing Okkultem nach. In dieser Epoche war das ja ein Muss. Die Kirche unterdrückte alles, was nicht nach den Regeln spielte. Andersdenkende waren auf der Flucht, oder operierten im Geheimen. Die meisten aber traf die Inquisition. Scheiterhaufen brannten *en masse*. Ganze Familien wurden so ausgelöscht. – Der Alchimist, dessen Name niemand kennt, musste wohl eine Affinität haben für chinesische Zeichen. Das auf der Rückseite steht für Luft. Ohne Luft gibt's kein Leben. Wir brauchen sie zum Atmen. Pflanzen übergeben der Luft ihre Sporen. Der wahre Herrscher ist die Luft. Sie bestimmt über das Leben und seiner Ausbreitung.

Die Vorderseite ist die Zusammensetzung des Luftzeichens und das für Erde. Erde ist fruchtbar, kann aber auch zerstörerisch sein. So wie wir Menschen auch. Beide, Luft und Erde, sind in Symbiose. Es ist ein Sinnbild für das Leben."

„Was bedeutet …"

„Das Latein? – *Möge die Erde dir leicht sein*. Die wahre Bedeutung wirst du innerhalb der nächsten vierzig Tage bis ins Detail kennen lernen. Du musst an dich glauben, mein Junge. Mache dich frei … Wer an die Münze glaubt, wird den Bann des alltäglichen durchbrechen und wird frei sein, wie die Vögel."

Das ganze hört sich verdammt mysteriös und seltsam an.

„Was wurde aus dem Ur-Ur-Ur …"

Der Alte verstummt kurz.

„Er landete im Turm. Bei Wasser und Brot fand er ein erbärmliches Ende."

„Weshalb?"

Schulterzuckend trinkt der Alte sein Bier.

„Manche Dinge waren nicht gern gesehen. Hexerei." Dabei macht er große Augen.

‚Fehlt nur noch ein *Huuuuh* …', denkt Helmut belustigt.

„Nur so viel", fährt der Alte fort. „Finde zu dir, mein Freund. Doch behalt es für dich, denn auch die Welt akzeptiert nicht, was nicht sein darf. Nutze deine Chance!" Des Alten Stimme nimmt einen geheimnisumwitterten Unterton an. „Finde heraus und gib der Bedeutung Sinn!"

Der Alte steht auf, wirft die Büchse in einen Korb voller Müll. „Ich würde dort beginnen", auf den Park weisend spricht der Alte weiter. Helmut folgt der Richtung.

„Aber was finde ich dort … besser *Wo* …"

Doch neben Helmut ist der Platz leer. Weder in unmittelbarer Nähe noch weiter entfernt entdeckt er den seltsamen alten Mann. Nur die zerquetschte Bierbüchse thront im Korb.

II.

Im Park findet Helmut eine leere Bank. Die Begegnung hinterlässt tiefe Spuren. Unentwegt denkt Helmut an das, was der Alte erzählt hat. Hinter dem Gesprochenen lauerte ein tieferer Sinn; Helmut kann diesen spüren – doch fehlt die richtige zündende Eingebung. Das Münzamulett liegt in der Hand. Unscheinbar und doch geht ein Charme von ihr aus. Helmut fehlen die richtigen Worte, das Stück Metall beschreiben zu können. Je länger er es anschaut und anstarrt, desto stärker wird die Aura des Amuletts.

Er landete im Turm. Bei Wasser und Brot …

Was brachte im Mittelalter Menschen in diese aussichtslose

Lage? Hatte er in Geschichte aufmerksam aufgepasst, reichten dafür Kleinigkeiten. Vielleicht konnte er die Steuern nicht begleichen? Was war das überhaupt für ein Mensch, dieser Ur-Ur-Ur-Urgroßvater! Darüber hat der Alte nicht gesprochen.

Helmut spürt Enttäuschung. Erwartet er etwa zu viel? Warum genießt er nicht einfach sein Geschenk? Stattdessen vermutet er hinter allem einen Sinn!

Ärgerlich springt Helmut auf.

‚Ich geh nach Hause.'

Bereits einige Meter weiter verlangsamt er die Schritte.

Wenn nun doch mehr dahinter steckt?!

„Quatsch!"

Ein vorbei laufender Jogger gerät ins Stolpern. Irritiert zieht der Athlet am Kabel der Kopfhörer.

„Wie meinen?"

Helmut geht unbeirrt weiter, ohne seine Umwelt zu beachten.

Finde heraus und gib der Bedeutung Sinn!

‚Das ich nicht lache', denkt Helmut aufsteigende Rage spürend. In Gedanken beschimpft Helmut den Alten aufs heftigste; diese Kanonade wird an dieser Stelle zensiert.

‚Vielleicht ist er ... krank?!'

Mehrere Passanten wundern sich über Helmuts Körpersprache. Beine und Arme wirbeln wild gestikulierend. Am Rand des Wegs verrichtet gerade ein Pudel sein Geschäft, fühlt sich durch das seltsam bedrohliche Näherkommen gestört und belästigt. Leise knurrend beobachtet er Helmut, der inzwischen ruckartig, auf Höhe des Hundes, stehen bleibt.

‚Bedeutung ... was ist die Bedeutung ... Denk nach, Helmut! Denk nach!'

So sehr er seine Gehirnwindungen auch arbeiten, bleibt die Antwort aus. Beschäftigt Helmut etwas derartig intensiv, braucht er Bewegung. Schon in der Schulzeit erkannt, kommt er auf diese Weise meistens ans Ziel. Je länger ein Gedicht, umso ausgedehnter der Wohnungsspaziergang; in entgegengesetztem Uhrzeigersinn durch die Räume setzte er Punkte, ähnlich dem Revier-Markierungsverhalten von kleinen und großen Schnüffeltieren. Stockt dann die Rezitation doch, weiß Helmut genau, an welchem Punkt er sich befindet.

Für die Außenwelt wirkt Helmut geistesabwesend und daneben. Teils belustigt folgen dem eigenwilligen Gebaren beobachtende Augen; ein Schmaus für die Seele.

Helmut dagegen ist derart beschäftigt, dass nicht viel seiner momentanen Wirkung auf andere in sein Bewusstsein dringt. Vielmehr ist die Welt eigenartig still und hat ihren Lauf stark verlangsamt.

In den Baumkronen spielt raschelnd der Wind mit den Blättern. Der Hauches-Rhythmus bleibt ungehört in Helmuts Ohr. Er horcht angestrengt auf die innere Stimme, die schweigsamer nicht sein kann.

Zum Verrücktwerden!

Als endlich der Tunnelblick schwindet und bedächtig die Wirklichkeit in den Vordergrund rückt, stellt Helmut erschreckend fest, wie dämmrig es bereits ist. Mit fest in die Seiten gestemmten Fäusten sieht er, nicht begreifend, erst in Gehrichtung, dann in die Komm-Richtung. An solchen Tagen fragt er mehrmals, warum er überhaupt aufgestanden ist!

Wie geisterhaft aus dem Nebel auftauchende Eindrücke, ist er endlich angekommen im wirklichen Moment. Allein auf dem Parkweg, kommt das Gefühl von Einsamkeit. Mehrere Stunden muss er hier verbracht haben. Stunden, die einfach so vergingen, ohne jegliche Berührung.

Offen für Sinnesempfindungen, gleich welcher Art, sucht hysterisches Lachen den Weg der Entfaltung. Und bald schallt durch die Dämmerung unkontrollierbar Lachlustigkeit, im beängstigt heiser kreischenden Ton.

Einstweilige mehrmalige Ansätze, endlich die heimatliche Richtung einzuschlagen, verharrt Helmut auch dann noch im Park, als die Nacht greifbar nah kommt. Von den weit auseinander stehenden Lampen mit dem fahlgelben Funzel Licht, bietet die Anlage eine dementsprechende Kulisse, die seine furiosen Gedankenspiele unterstreichen. Und wie schon jedes Kind weiß, wird Unterstrichenes aus der Masse hervorgehoben und bleibt somit länger haften. In Helmuts Fall spektakulär überflüssig.

Den Kopf tief eingezogen, die Hände in den Hosentaschen, durchstreift er die Grünanlage wie ein herrenloser Kater, der menschenscheu einfallenden Lichts entflieht.

Mit wem kann ich reden? Das Mitteilungsbedürfnis steigt beachtlich. Auf die Schnelle fällt Helmut niemand ein, der sein hundertprozentiges Vertrauen genießt. Würde er mit seiner *trotteligen* Geschichte rauskommen, gäbe es nur platten Hohn. Und die Männer mit den „Hab-mich-lieb-Jacken" hätten ihren Spaß in der weißen Minna.

Schweißgebadet glaubt Helmut, in einem niemals enden wollenden Traum zu sein.

„Bin ich ein Dummerle. Nichts als ein Naivling."

Er schaut sich neugierig um. Niemand mehr im Park. Außer vielleicht einigen Tieren, die unsichtbar und geräuschlos jagen.

‚Wie dumm kann man eigentlich sein!' Vorsichtshalber vermeidet es Helmut, in einem lauten Selbstmonolog zu verfallen. Keiner soll es erfahren! Ist besser so. Daraus eventuell resultierende Konsequenzen fürchtet er.

‚Warum muss ich auch hinter allem und jedem mehr vermuten?!'

Einmal so erfolgreich sein wie Maigret oder Poirot.

Und nun?

Helmut könnte schreien. Angeblich soll mit inbrünstigen Schreien ja die Seele gereinigt werden. ‚Soll ich?'

Verstohlen wendet er suchend den Kopf.

Wenn ihn jemand jetzt gerade sieht …

Tief holt er Luft, stößt ein kraftvolles „So!" aus und steht auf.

„Heim nun!"

Soeben unter einer der Laternen angekommen, frischt der Wind auf.

‚Das fehlt noch, wenn's regnet …'

In der Dunkelheit ist außer städtischem Lichtsmog nichts Auffälliges erkennbar.

‚Hallus! Na Klasse.'

Plötzlich fühlt Helmut einen unheimlich wirkenden, eiskalten Hauch am Körper. Hastig schaut er um sich. Doch er ist allein. Schneller weiter gehen wollend wird der Wind stärker. Helmut bleibt stehen. Stille! Vom Wind oder tatsächlich anwesenden Menschen keine Spur.

„Ich spinn schon!"

Erneut schickt er sich an, weiter zu gehen.

Da ist es wieder!

Ok! Ruhig mit den Pferden. Helmut macht einen Schritt und – tatsächlich – der Wind wird stärker. Das gibt's doch nicht!

Darüber verwirrt, pumpt sein Herz vor Aufregung immer mehr. Entsetzliche Angst greift nach Helmut. Was geht hier vor? Ein Tag zum in die Tonne kloppen!

Allen Mut nimmt Helmut zusammen, und wagt einen erneuten Anlauf. Als das gleiche Phänomen die Angst in Panik umwandelt, entfährt den Überforderten ein langgedehntes, an einen Wolf erinnerndes Geheul. Völlig überfordert sinkt Helmut auf die Knie. Den Tränen nahe droht Hyperventilation.

Unfähig jeglichen klaren Gedankens hockt er am Boden. Kraftlos wartet Helmut des Kommenden. Obgleich nichts passiert.

Wieder Mut schöpfend, erhebt er sich schwerfällig. Und auch das Denken kehrt wieder.

Schsch … auf das was war, jetzt zählt es nur den Augenblick zu bewältigen!

„Was willst du?"

Ohne Echo erstirbt seine Stimme. Alles bleibt ruhig.

„Na gut. Mach was du willst – ich geh' jetzt!"

Gesagt und ausgeführt.

Sogleich umweht Helmut ein Luftzug, wie er ihn vorher noch nicht erlebt hat. Direkte *Gefahr* kann er nicht erkennen.

Nach etwa fünf Meter wird der Wind böiger. Helmut schenkt dem Ganzen keine Beachtung und strengt noch weiter die Muskeln an. Sieben – acht – neun – zehn Meter. Schon glaubt er, den Sieg in der Tasche zu haben. Weit gefehlt! Irgendwie tritt er auf der Stelle.

„Ich kann einfach gehen … Ich kann mich frei bewegen …"

Seine Bewegungen werden lebhafter, wirken nach außen hin jedoch unkontrolliert. Da taucht sie wieder auf – die grausige Angst vor dem Unbekannten.

Helmut spürt eine anwachsende, wahrlich herkulische Kraft, die jedes Hindernis wegtragen kann. Jetzt kommt Helmut in eine teuflisch wirkende Schieflage; unter normalen Umständen würde er vornüber auf die Erde stürzen. Dabei bekommt er Gleichgewichtsprobleme, die er mit Armrudern ausgleichen will. Als er unbewusst seine Armbewegungen synchronisiert, ähnlich denen beim Schwimmen, verliert er ganz den Halt. Mochte es Instinkt sein oder was auch immer: mehrere *Schwimmbewegungen* hält Helmut durch. Stetig in der Hoffnung, gleich ist es vorbei.

Auf dem Brustkorb ist deutlich Wiederstand einer tragenden Luftschicht spürbar. Für einen Moment gibt es keine Gedanken, keine Angst, keine Probleme. Der Tag scheint vergessen, ebenso die vergeblichen Versuche, endlich nach Hause gehen zu können. Ihm ist, als schwebe er! Mit geschlossenen Augen nimmt er diese außergewöhnliche Empfindung in sich auf. Ist es das, was der Alte meinte? *Mach dich frei!*

Dankbar des Erlebten öffnet Helmut die Augen. Der Wind musste zugenommen haben, denn weshalb sonst liegt mitten auf dem Weg jetzt eine gut gewachsener Baumkrone? Seltsam nur, dass die Blätter sich kaum bewegen!

Helmut bemerkt seine bizarre Körperhaltung, und hofft gleichzeitig, dass er nicht gesehen wird. Schamesröte steigt ins Gesicht. Kurz hüstelnd suchen seine Augen nach möglichen Zuschauern. Statt in den Park blickt er in ein Meer von Ästen und Blättern. Es herrscht ein belaubtes Durcheinander, wie nach einem schweren Sturm.

Bestürzt nimmt er wahr, was seinem Bewusstsein entging.

„Oh Gott. Wie soll ich da denn jetzt hindurch kommen ..."

Beherzt will er näher an das vermeintliche Sturmchaos heran, als er feststellt, dass der Boden ziemlich weich sein muss. Er sieht hinab und – *Leere!*

Panisch rudert er mit den Armen.

Unfassbar!

Die Nerven und körperliche Koordination verlierend schafft es Helmut noch, den drohenden Fall ein bisschen abzumildern. Zwischendurch scheint es, als gelänge ihm doch das Unmögliche: Eine sanfte Landung. Nicht begreifen wollend oder könnend, stürzte er die letzte zwei Meter ab wie ein nasser Stein.

Minuten später hebt Helmut den Kopf. War er bewusstlos gewesen? Jedenfalls schmerzt höllisch der Kopf ...

Keine blasse Ahnung, wie lang ihm die Sinne fehlen; eine Minute – fünf oder gar mehr? Benommen gewahrt Helmut die Bauchlage. In sich gekehrt geht er gedanklich wichtige Körperstellen durch. Soweit ist alles in Ordnung. Bis aufs Gesicht; eigenartig gespannt, wie nach einem Sonnenbrand. Hastig fährt er mit der Zunge über seine Zähne. Weder Zahn- noch sonst irgendein Bruch.

Während er aufsteht schwankt kurz die Welt.

„Oh Mann, das … gibt 'nen Kater morgen …"

Helmut reibt sich über Augen und Stirn. Als er kein Blut am Finger sieht, ist er beruhigt.

Nach wie vor ist er allein im Park. Ob jemand im Schattenbereich doch Augenzeuge gewesen ist, schließt Helmut aus. Spätestens nach dem Sturz wären er oder mehrere ihm zu Hilfe geeilt. Tief durchatmend nickt er.

„Ok … Ich war fliegen … Ich war da oben …"

Seine Stimme ist belegt.

„Ich kann sprechen, gehen, atmen, sehen und …"

Er verstummt. Die Situation ist außer Kontrolle geraten. Der ganze Tag war ein typischer Fehler der Geschichte. Ihm, Helmut Hargener, sind Sachen passiert, die gibt es gar nicht. Ist er verrückt geworden? Wird er doch senil? Oder nur geisteskranke Illusionen? Ein moderner Mister Jekyll & Hyde etwa? Mysteriös, verschleierte inflationäre Spaltung des Egos? Wandelnder Wachschläfer?

Bestimmt würde er gleich aufwachen. Im Bett liegen. Sich sagen: Was für 'n Traum! Ins Bad gehen und die Dusche genießen. Ja, so wird es geschehen. *Ich brauch' nur aufs rettende Klingeln warten.* Und … Aber etwas stört Helmut. Wenn er nur darauf käme …

„Ich hab' den Rest der Woche frei genommen!" Hysterisch und halb wahnsinnig stampft er mit dem Fuß auf; fast so schön wie Rumpelstilzchen. Gellende Schreie durchwehen den Park. In der Nähe jault ein Hund. Links faucht eine streunende Katze. Auf der Hauptstraße fährt ein Motorrad mit überhöhter Geschwindigkeit vorüber. Obwohl die Nacht dunkel ist und Lichter in den Fenstern brennen – eigentlich alles in bester Ordnung ist – gerät Helmuts Welt mächtig ins Schwanken.

Von der Wohnsiedlung werden Rufe laut.

„Ruhe, sonst ruf' ich die Polizei!"

Gequält lauscht Helmut der abendlichen Atmosphäre.

„Ich schlaf gar nicht. Das ist wirklich …"

Eine seiner stark beanspruchten Hirnzelle meldet die Idee, sich doch einmal selbst zu zwicken. Taten die das nicht immer im Fernsehen? Helmut setzt an und …

„Ich sagte R-u-h-e!"

Etliche Wahnvorstellungen und -ausbrüche später schlendert ein Mann im Schlapperlook, wirrem Haar und teilnahmsloser Mimik am Straßenrand entlang. Fertig mit der Welt, nichts mehr verstehend – das ist das Tagesergebnis von Helmut.

III.

Er öffnet verschlafen die Augen und muss sofort blinzeln. Grell scheint die Sonne direkt auf das Bett. Helmut reckt die Glieder, gähnt hundemüde. Ein Blick auf den Wecker lässt ihn wach werden. Gleich halb elf.

Helmut fährt hoch, schwingt die Beine über den Bettrand, verharrt.

Was für eine Nacht!

Üblicherweise träumt er selten. Und wenn, weiß er meistens nichts mehr. Vor vielen Jahren war das noch anders. Träume eines Kindes nimmt der Verstand spielerisch wahr. In jungen Jahren ist der Geist offener für auch noch so bizarr anmutende Vorstellungen. *Träumst du das Gleiche dreimal hintereinander, geht es in Erfüllung.* Keine Ahnung wer diese Worte einmal sagte. Sie klangen nach trockener Philosophie, zu der Helmut erst in letzter Zeit einen gewissen Draht findet. Damals war das einfach nur Firlefanz. Verstehen, dazu fehlte ihm nicht nur das nötige Verständnis. Lustlos hörte er zu, aber eben nicht hin.

Ihm träumte mehrmals in dieser Zeit, dass er mit Papa eine Garage baut. Doch es handelte sich hierbei nicht um eine normale Garage, wie bei Hinz und Kunz. Nein. Es war schlicht ein Rundbau. Und es gab auch keine Dachziegel oder Dachschindeln. Schilf, es musste unbedingt Schilf sein. Nach Fertigstellung schlug in derselben Nacht der Blitz ein. Im ersten Traum, im Zweiten und im Dritten auch. Jedes Mal erwachte er schweißgebadet.

Heute lächelt Helmut darüber. Träume lassen sich eben nicht steuern. Sie sind Illusionen besonders abstrakter Art. Der moderne Mensch weiß, damit werden Erfahrungen, Erlebnisse und so weiter aufgearbeitet. Mag sein, mag auch nicht sein.

Damit der Tag für Helmut endlich beginnen kann, steht er auf.

Er ist wie gerädert. Unbekümmert und ohne Stress betritt er, mehrmals herzhaft gähnend, das Bad. Im Spiegel schaut ihn ein müdes Gesicht an, mit tiefen Augenringen.

„Seh ich mitgenommen aus …“

Helmut öffnet die Duschkabinentür. Erst jetzt fällt ihm auf, was ihm hätte schon früher auffallen sollen: Er hat, bis auf die Hose, noch das gestrige Oberhemd an. Niemals geht er so schlafen! Er ist doch kein Penner!

„Was zum Teufel …“

Überstürzt zieht er das Hemd aus und. schmeißt es wütend in eine Ecke.

Mit dem Wasser hofft Helmut den kuriosen Traum einfach abzuspülen. Länger als an anderen Tagen läuft lauwarmes Wasser am Körper herab. Gurgelnd fließt das erfrischende Nass, Duschgel-Schaum und Schmutz mit sich tragend, ins Abflussrohr. Verträumt sieht Helmut dem schmatzenden Treiben zu.

Es fühlt sich an wie ein Alptraum. War es wirklich passiert? Oder hat ihm nur seine Gedankenwelt über Nacht einen Schabernack gespielt? Ihm ist elend zumute.

Ist es nicht besser, dass ich mich krank melde? Andreas gab ihm zwar frei, dennoch …

Er stützt sich mit der Hand an der Dusche ab. Das Dahinter verschwimmt im milchigen Wasserdampfnebel.

Im gleichen Atemzug denkt Helmut nach. Wann war er eigentlich das letzte Mal krank gewesen? Es mochte Jahre her sein; genau will ihm das jetzt nicht einfallen.

Das Wasser läuft Helmut übers Haar über den Rücken bis hinab zu den Füßen. Es fühlt sich an wie ein Streicheln. Langsam beruhigt er sich. Doch so richtig besser wollte sein Inneres sich nicht fühlen. Doch krank?

„Das geht doch nicht", hört er seine Stimme. „So was haut mich doch nicht um …"

Oder vielleicht doch?

Nochmal überlegt Helmut.

Gestern war sein Geburtstag – richtig.

Er war im Büro – richtig.

Anschließend … ja, anschließend hatte er diese sonderbare Begegnung in diesem Laden – auch richtig.

Oh Mann! Etwas läuft gerade so richtig schief im Leben!

Der aufkommende Gemütszustand behagt Helmut gar nicht. Wenn er ehrlich ist, macht ihm die Situation Angst!

Seine Hand ist eingeschlafen. Er reckt sich. Der halbe Arm ist taub. Leichtes Kribbeln bringt ihm in die Wirklichkeit zurück. Und jetzt wird es Helmut kalt. Einige Sekunden braucht er noch, bis er endlich begreift, dass es das Wasser ist, das ihm frösteln lässt.

Hastig dreht er den Hahn zu. Schüttelt herablaufende Wassertropfen aus den Haaren. Öffnet die Duschkabinentür, steigt hinaus. So wie Gott ihn einst schuf geht er ins Wohnzimmer. Irgendwo muss hier das Handy liegen. Auf dem Sessel findet er es. Kaum in der Hand, beginnt er vom Büro die Nummer zu suchen.

Es muss sein!

Das Wählzeichen ertönt. Einmal. Zweimal. Dreimal.

Dann bricht die Verbindung ab und das Handy liegt auf dem Tisch. Die Arbeit wird diese ständige Grübelei verdrängen.

Am späten Nachmittag verlässt Helmut müde das Büro. Die Kollegen waren zwar erstaunt gewesen, als er auftauchte, aber er nutzte den Tag um Ordnung zu schaffen. Nun tritt er etwas gebeugt den Heimweg an. Sein Befinden verbietet es, die gleiche Richtung wie gestern zu nehmen. Also tut er das, was er tun muss.

Im Park setzt er sich auf die erste freie Bank. Die Sonne durchdringt den wolkenverhangenen Himmel. Vogelgezwitscher dringt herab von den Bäumen. Fern der Hauptstraße verdrängen Naturgeräusche den Menschenlärm. In einiger Entfernung rennt ein Jogger. Zart streicht der Wind durch die Blätter. Hinter ihm raschelt ruckartig das Gras. Die Atmosphäre erleichtert Helmut es, sich und die Gedanken treiben zu lassen. Abgerückt vom Alltag und allen mit sich bringende Problemen. *Himmlisch.*

Die Zeit scheint still zu stehen. Uhren ticken manchmal anders. Meistens sind sie gekoppelt an die immer wiederkehrenden gesellschaftlichen Anforderungen. Das Funktionieren läuft programmgesteuert ab. Jetzt spürt Helmut die andere Seite der Medaille. Ruhe! Würde er es jetzt nicht selbst erleben, er würde es nicht glauben. Würde es abtun als ... ja, als was eigentlich?

Es ist wie Magie.

Magie.

Plötzlich hat er wieder dieses Gefühl wie am Tag zuvor. Etwas liegt regelrecht in der Luft.

Unwillkürlich sieht er sich um. Kein Mensch genießt die

Parkatmosphäre. Soll ihm recht sein.

Helmut steht auf. Ein Kribbeln macht sich breit. Im und auf dem Körper. Helmut kommt ein Gedanke. Er konzentriert sich. Bedächtig beugt er sich nach vorn, die Arme etwas seitlich abgespreizt – so, als spränge er ins Wasser.

Da ist es wieder!

Helmut fasst es kaum. Je weiter er sich vor beugt – je mehr Halt bekommt er. Schnell nimmt er eine gerade Haltung ein. Schaut sich hastig um. Keine neugieren Blicke. *Okay.*

Alles noch einmal von vorn. Als er erneut den Halt verspürt, versucht er auszubalancieren. Jetzt nur noch abheben. Helmut fällt nichts Besseres ein, als sich abzustoßen.

Nochmals in die Hocke und – los geht's …

So schnell kann Helmut es weder begreifen noch verstehen. Er befindet sich tatsächlich mehrere Meter bereits in der Luft. Das Herz klopft ihm bis in den Hals. Nur nicht die Nerven verlieren! Schließlich ist helllichter Tag!

Bereits sicher fühlend, vollführt Helmut Froschbewegungen. Dadurch gewinnt er mehrere Meter an Höhe. Gleichzeitig geht es seitlich vorwärts. Okay!

So gut es geht atmet er tief durch. Noch wagt er nicht den Blick nach unten. Was Helmut auch nichts geholfen hätte; denn vor ihm kam ein viel stärkeres Hindernis gefährlich nahe!

Gänsehaut überzieht ihn.

Wie lenkt man nur?

Dieses Mal überkommt Helmut, Gott sei Dank, keine Panik. Behände dreht er den Körper ein wenig nach links, wobei zeitnah die Kurve eingeleitet wird. Ein, zwei Meter fliegt er an der Baumkrone vorüber. Und ein herrliches Gefühl unendlicher Freiheit übermannt ihn beinahe.

Es dunkelt. Im Schutze des Zwielichtes legt er Kilometer um Kilometer zurück. ‚Es ist wie schwimmen!', schießt es ihm durch den Kopf. Und genau dies ist die einzige Erklärung, das Phänomen ansatzweise zu erklären.

Schwimmgleiche Bewegungen lassen Helmut den Himmel erobern. Mit jedem weiteren Kilometer – den er zugegebenermaßen nicht annähernd abschätzen kann –, lernt er steuern. Die kleinste Gewichtsverlagerung wirkt sich auf die Richtung aus. Will er an Höhe gewinnen, macht er Froschbewegungen. Kein Gedanke daran, wie es wohl aussehen mochte. Aber es macht Spaß – und zwar richtig Spaß!

Um in gleicher Höhe zu bleiben, reicht es aus, die Arme mit gestreckten Handflächen geradeaus zu richten. Sogar den Sinkflug beherrscht er zunehmend. Hier genügt es, die Handflächen leicht nach unten zu senken. Was für ein Erlebnis!

Helmut kann einen lauten Freudenschrei nicht unterdrücken. Je tiefer er sinkt, umso mehr ist die Schwerkraft spürbar. Doch ist er weit oben – wirklich richtig weit – fällt alles noch ein bisschen leichter.

Jegliche Lehren von Physik scheinen aufgehoben. Einst Erlerntes widerlegt Helmut spielerisch. Die ganze Welt steht ihm jetzt offen. Was ist jetzt alles möglich! Reisen auf bequeme Art und dabei noch völlig kostenlos! Ab in den Urlaub wann immer er möchte. Und wie er will! Vom Balkon aus in die Nacht starten. Genauso wie Superman!

Vor lauter überwältigender Faszination merkt er, dass es stark abkühlt. Erst jetzt schaut er in einen Sonnenuntergang, von dem er nicht einmal weiß, dass es ihn gibt. Gleich berührt die Sonne den Horizont. Ihre Strahlen tauchen den Abend in goldrotes, sanftes Licht. Die Sicht ist klar. Tief unten erkennt er schemenhaft Menschen. Ein eigenartiges Gefühl plötzlich schwerer zu werden, kann er rechtzeitig entgegensteuern. Einige *Flugzüge* später hat er sich stabilisiert. Es ist ein Glück, dass er nie im Leben unter Höhenangst litt.

Helmut schaut verträumt der untergehenden Sonne zu. Und er

fliegt dem Sonnenuntergang entgegen, wie Lucky Luke, nur ohne Pferd. Sofort weiß Helmut eine treffende Bezeichnung für sein Erlebnis: Lufttreiten.

In der Ferne ertönt Vogelgeschrei. *Richtig! Ich bin ja nicht allein hier ...*

Schräg hinter sich werden die Vogelschreie lauter. Als er zurück blickt, erkennt er einen Schwarm schwarzer Vögel. Raben? Dohlen? Helmut hat keinen blassen Schimmer. Und eines unterschätzt er: wie schnell der Schwarm ist! Mit Mühe kann er einem Zusammenprall entgehen, indem er abtaucht.

Keine Sekunde zu früh!

Nachdem Helmut halbwegs den Schrecken verdaut und nach oben sieht, sind vom Schwarm nur noch Schemen übrig. Erschreckt stellt er fest, wie dunkel es plötzlich ist. Ihm wird bang. Da er bisher völlig ziellos seine Bahnen zog, ist Helmut unklar, wo er sich befindet. Beziehungsweise, was sich unter ihm befindet! Ein kleiner Unterschied, dessen Ausmaß Helmut noch mehr Schrecken einjagt.

Panik steigt auf.

Das nahe liegende fällt Helmut erst eine Weile später auf.

„Ich muss landen!"

Laut ausgesprochen erschrickt er noch heftiger. Wie schnell man sich doch an neue Umstände gewöhnt ...

Gelerntes rasch umsetzen – das liegt Helmut. Doch er ist noch nicht so geübt darin. Ein wenig führt panische Furcht dazu, dass die Handflächen zu weit absinken. Einem Sturzflug gleich kommt er dem Erdboden ziemlich nahe.

„Zu nahe!"

Mit weit geöffnetem Mund sackt er in die Tiefe.

Der Kenner abendlicher Stimmungen weiß, dass es leider nur allzu oft und allzu viele Plagegeister fliegender Art gibt. Dies lernt gerade auch Helmut. Nur anders. Denn Mücken und weitere Insekten strömen gern Wärme entgegen, also Richtung

Sonne. Uns Menschen mögen sie nerven. Doch im Kreislauf der Natur sind sie unabdingbar. Ernähren sich doch viele Federflügler von ihnen. Und war der Tag schön und heiß, laben sie sich regelrecht. Zwar gibt es im Augenblick kein Vogel in Helmuts Nähe, ist es doch ein Mückenschwarm, der seinen Fall-Weg kreuzt. Und das mit weit aufgerissenem Mund!

Zum Glück – wenn davon die Rede sein darf – durchstößt Helmut diese Flughöhe relativ schnell tief einatmend, wenn auch letzteres ungewollt ist.

Hustend geht es hinab. Aus der Vogelperspektive wird schnell Balkonperspektive. Und endlich handelt Helmut, und wird zum wahren Himmelsbezwinger. In vielleicht dreißig Meter Höhe gelingt ihm das Kunststück, aus dem Fall heraus einen schwebenden Sinkflug hinzulegen. Gäbe es ein Lehrbuch dieser Disziplin, hätte es der Autor desselben nicht besser beschreiben können; auf alle Fälle gelingt es Helmut bilderbuchhaft.

Da gibt es nur noch die Landung.

Schon beherrscht sein Kopf die gestrigen Flugerfahrungen.

Ihm wird mulmig.

Dazu nimmt die untergehende Sonne auch noch Wärme mit. Seine Finger sind kalt und drohen steif zu werden. Wieder drängt sich der Schwimmvergleich auf. Wie oft hatte er schon die Entfernung zum Ufer unterschätzt, von der Wassertemperatur ganz zu schweigen?!

Kräftige Flugzüge kurbeln den Blutkreislauf an. Akribisch achtet er darauf, die Höhe wenigstens zu halten. Langsam nimmt die Angst einen überdurchschnittlichen Rahmen ein. Kaum Spielraum der ihm bleibt.

‚Du musst die Nerven behalten!'

Selbstgespräche sind in dieser Situation eine Art Selbstberuhigung. Sie halfen Helmut immer. Okay.

Noch ist es nicht zu dunkel. Ein sicherer Blick erfasst die nähere Umgebung und reicht aus, das Vorhaben auszuführen. Unter ihm liegt eine Baumreihe, deren Schutz er ausnutzen möchte. In ihrer Mitte liegt eine kleine, längliche Lichtung. Nach und nach gewöhnen die Augen sich auch an das Zwielicht. Fest entschlossen, das Wagnis einzugehen – etwas Anderes bleibt Helmut ja auch nicht übrig –, leitet er den kontrollierten Sinkflug ein. Höhenmeter um Höhenmeter verringert er so den Abstand zum ersehnten Erdboden. Aufmerksam die Flugroute beobachtend, nimmt er sogar Geräusche wieder wahr. Beherzt verfolgt er den eingeschlagenen Weg.

Etwa einen Meter von den Baumkronen entfernt, kann Helmut jetzt genauer den freien Platz zwischen den Bäumen ausmachen. Ein seltsames Glitzern erregt seine Aufmerksamkeit, da es nicht ins Bild passen wollte. Ungeachtet dessen versucht Helmut die Landung. Ungeschickter als gewollt streift er einen tieferliegenden Ast und kommt ins Trudeln. Dabei die Orientierung verlierend, geht es fast ungebremst hinab. Unter den Bäumen wachsen wilde Sträucher, die er wegen der zwielichtigen Sicht hatte von oben nicht erkennen können. Und genau dieses Buschwerk bremst den freien Fall am Ende ausreichend ab, um ohne bösartige Verletzungen den Aufprall zu überstehen. Außer ein paar wenigen Hautabschürfungen kommt er glimpflich davon. Helmut rappelt sich auf. Benommen tastet er sich ab. Alles heil! Soweit – so gut. Gerade als er neben dem Gebüsch steht und noch einmal hinauf schaut, hört er Schritte.

„Bist Du vom Baum gefallen?"

Es ist ein kleiner Junge mit einem Roller.

„Ja", sagt Helmut lachend. „Ja, vom Baum gefallen …"

IV.

Verkatert steht Helmut am Fenster. Es ist Samstag. Unbekannte Sehnsucht überfällt ihn. Sehnsucht nach bedingungsloser Geborgenheit. Sehnsucht, ganz bestimmte Momente festzuhalten, ohne sie klammernd zu erdrücken. Gleichzeitig die Sehnsucht nach unsagbarer, grenzenloser Freiheit.

Seit drei Tagen nun hat Entschleunigung einen Platz in seinem Leben gefunden. Ob sie nachhaltig bleibt muss abgewartet werden.

Er fühlt innere Ruhe. So ausgeglichen wie gerade, ist er selten. Dennoch gibt es da eine Zerrissenheit. Und diese wiederum hat etwas mit Glauben zu tun. Nicht an den theologisch kirchlichen etwa; mehr an den Glauben des Reellen und bisher Erfahrenen. Oder auch Erlernten!

„Du bist schon wach?"

Helmut fährt herum.

„Ja."

An Kerstin hat er gar nicht mehr gedacht.

„Ich konnte nicht mehr schlafen."

Irgendwie fühlte er sich ertappt.

„Is was?"

Sie steht nur in der Bettdecke eingewickelt in der Tür.

„Nein."

Früh ist er eben ein Muffel.

„Machst du Frühstück?"

Ihre Stimme säuselt ihm süß entgegen.

Nachdem Helmut sich keiner Regung hingibt, dreht sie sich um und lässt ihn allein.

Er denkt an den gestrigen Abend. Nachdem er sich vergewissert hatte, wo er gelandet war, musste er sich eingestehen, dass der Weg in die Wohnung zu Fuß nicht schaff bar war. Allein ein Taxi zu bekommen dauerte mindestens eine dreiviertel

Stunde. Endlich daheim, war er froh, ins Bett zu kommen.

Dann *die* Überraschung. Kerstin hatte seit dem späten Nachmittag auf Helmut gewartet. Als ihr Warten ein Ende findet, steht ihr unendliche Freude ins Gesicht geschrieben.

Gefühlte hunderte von Kerzen verwandelten die Wohnung in eine Lichter Oase. Der Duft verbrennenden Wachses wirkte beruhigend. Kerstins romantische Ader erlebte wieder einmal einen Höhepunkt. Überwältigt von ungekannten Emotionen betrat Helmut ihre Welt, ohne Türen zu öffnen. Schwebend im Taumel der Gefühle, ließ er sich wortlos fallen …

Nach dem gemeinsamen Frühstück macht sich Helmut fertig. Da Kerstin mit einer Freundin shoppen geht, hat er Zeit, ebenfalls einiges zu erledigen. Als Erstes stehen die Vorbereitungen seiner Party an. Zweitens: er hofft – beinahe inständig – dass er ausreichend Zeit haben wird, um seine Flüge zu vervollkommnen. Beherrscht von der neu erworbenen Fähigkeit, beginnt ein neuer Lebensabschnitt. Helmut muss diese einfach ausnutzen. Noch immer kann er es nicht wahrhaben. Weshalb er? Kann er überhaupt der Sache trauen? Oder ist es nur ein Traum?

Deshalb vermeidet er es, Kerstin einzuweihen. Wird sie es verstehen? Wenn er schon Probleme damit hat, wie sollen andere es verkraften!

Helmut verlässt das Haus. Die Sonne kämpft an diesen Morgen noch mit dem Nebel. Es ist feucht. Er schließt die Jacke. Scheinbar ziellos führt sein Weg in Richtung Stadtrand. In sich versunken nimmt er kaum die Umgebung wahr. Mit jedem Schritt versinkt er weiter in die Gedankenwelt.

Unterdessen sind Kerstin und Yvonne beim Shoppen. Zwischen den einzelnen Klamottenstücken kommt ganz schnell die Rede auf Helmut.

„Du meinst, er hat eine Andere?"

„Nein. Kann ich mir nicht vorstellen."

Dieser Gedanke drängte sich Kerstin zwar mal auf, aber – nein. Energisch schüttelt sie den Kopf.

„Aber er verbirgt etwas."

Yvonne ist in solchen Dingen hellhörig.

„Ich weiß nicht, Kleine. Irgendwie hört sich das komisch an. – Was hältst Du von diesem Top?"

„Ist schön. – Nein, Helmut hat bestimmt Probleme im Büro."

„Ich probiere es schnell an, ja?!"

Gesagt und getan.

Hinter dem Vorhang entsteht heftige Bewegung.

„Wenn es um keine Frau geht, vielleicht steckt er in der Midlife Krise?"

„Meinst du?" Kerstin verzieht abwehrend ihr Gesicht.

„Klar doch. Männer um die Vierzig sind dafür prädestiniert. Liegt denen sozusagen in den Genen."

„Mach halblang." Kerstin ist bestürzt.

„Solang du dich dagegen sträubst, Kleine, wirst du ihn nicht helfen können. Geschweige denn verstehen."

„Ich kenne ihn. Aber gleich Krise?"

„Und – wie seh ich aus?" Unvermittelt steht Yvonne vor ihr. Das Kleidungsstück will so gar nicht die etwas mollige Freundin schmücken.

„Ganz gut."

Yvonne ist beleidigt.

„Sag doch gleich, es gefällt dir nicht! Oder ist da jemand neidisch?"

„Ach", winkt Kerstin ab. „Ich hab nur keinen Nerv für. Sei mir nicht böse, aber es war keine gute Idee."

Ohne ein weiteres Wort verlässt Kerstin den Laden.

Die Wiese entspricht genau Helmuts Vorstellung. Ringsherum nur brachliegendes Land. Keine Menschenseele weit und breit.

Ergo: Keine neugierigen Blicke. Im Gelände könnte er getrost üben bis zum Abwinken. Seine Vorstellung darüber beflügelt sein Befinden. Hier kann er sein, was er niemandem zeigen mochte.

Aus der Innentasche seiner Jacke ertönt *Smoke On The Water*. Stirnrunzelnd holt er das Handy heraus. Es ist Lars, ein alter Schulfreund. Und plötzlich hat Helmut ein schlechtes Gewissen.

„Ja?"

„Mensch Alter. Hast du unsere Verabredung vergessen?"

Helmuts Vorahnung bestätigt sich.

„Leider ... hab ich noch was zu erledigen."

„Und was wird aus deiner Party?"

Schlagartig ist es Helmut schlecht. Ein komisches Gefühl in der Magengegend macht sich breit.

„Könntest du nicht schon mal ..."

„Was brauchst du eigentlich alles?"

„Das Übliche halt. Getränke, Würstchen und so weiter."

„OK. Schaffst du es in 'ner Stunde?"

Helmut denkt nach.

„Glaub schon. Besser wär es aber am Nachmittag ..."

„OK. Bin gegen zwei bei dir, Alter."

Schon ist das Gespräch unterbrochen.

Darüber erfreut, einige Stunden herausgeschlagen zu haben, setzt er sich auf einen Findling. Früher – eigentlich bis vor einigen Tagen noch – hätte er darüber nachgedacht, woher der Stein wohl kommen würde. Schließlich ist er ein erdgeschichtlicher Zeitzeuge. Doch heute gilt seine Aufmerksamkeit etwas – ja was eigentlich? Besseren? Höheren?

Helmut sieht in den aufgelockerten Himmel. Die Temperatur, so schätzt er, liegt um die vierzehn Grad. Nur ein leichtes Lüftchen geht. Ideales Wetter. Nach Regen sieht es nicht aus.

Entspannter als vorher erhebt er sich. Sofort ist da wieder

dieses stützende Luftkissen. In Schräglage kann Helmut das gesamte Körpergewicht darauf legen. Merkt, dass er einige Zentimeter in der Luft schwebt.

Lautes Glücksgefühl bahnt sich den Weg durch Helmuts Kehle. Wie ein kleiner Junge lacht er. Befreit von aller Last gelingt ihm dem Alltag zu entfliehen. Jetzt wird es Helmut mit jeder Faser seines Herzens bewusst: *Fliegen eröffnet Neue Pfade!*

Im Stil des Schmetterlings steigt Helmut empor. Höher und höher und höher und höher. Schon ist er höher als die Bäume. Im Rausch steigenden Adrenalins erlebt er mehr als vollkommene Glückgefühle. Gebannt vom Moment wonnetrunkenen Seins geht es im Achterbahnstil durch die Lüfte. Helmut gelingt es, die Flugbahn zu vervollkommnen. Gallant ändert er die Richtung. Verinnerlicht die Aerodynamik; wird eins mit den unterschiedlichen Luftschichten. Selbst bei der Landung bringt er fertig, woran er bisher stets scheiterte. Sein Ansporn, punktgenau einen Flecken zu erreichen, kommt Helmut spielerisch nah. Vergessen sind sämtliche Probleme. Selbst die Zeit ist vergessen. Sein Kokettieren mit den physikalischen Gesetzen, die er so leicht widerlegt, spornt Helmut immer mehr an, noch weitere akrobatische Dinge auszuprobieren. Dem Himmel mal näher kommend, dann sich wieder entfernend, gleicht einem Spiel. Er ergötzt sich daran, wie damals, als er Schwimmen lernte. Morgens noch ängstlich, sich oft verschluckend — abends kaum aus dem Wasser zu bekommen. Etwas erobern und es genießen, liegt Helmut noch heute. Auch als mit beiden Beinen im Leben stehender Erwachsener behält er die Freude an der Neugier. Und somit den kleinen Jungen am Leben, der diese ausfüllt.

Weite Kreise ziehend, die oft um eine Baumgruppe führt, erforscht Helmut die Landschaft. Da bemerkt er, etwa einhundertfünfzig Meter unter ihn, wild gestikulierende Punkte. *Shit!*

Erschrocken verlangsamt er den Flug. Genau was Helmut nicht möchte, geschieht gerade. Auf eine Entdeckung ist er überhaupt nicht scharf! Im Mittelpunkt stehen – nichts für ihn!

Helmut steigt weiter auf. Vielleicht hielte man ihn ja für einen exotischen Vogel! Wenn er die Menschen nur winzig klein erkennt, ergeht es denen auch nicht anders. Beruhigter als noch eben, setzt er seinen Luftweg fort.

Womit er gar nicht rechnet – weil bislang unnötig – ist die Tatsache, in dieser Höhe den Elementen stärker ausgesetzt zu sein. Selbst ein laues Lüftchen bringt den Fliegenden innerhalb kürzester Zeit viele Meter weiter, wie beabsichtigt. Auch muss er die Anstrengung verstärken, wenn er gegen den Wind fliegt. Konditionell gerät er schnell an seine Grenzen.

Mag es am niedrigeren Luftdruck liegen, oder am Sauerstoffmangel – Helmut leitet geschwächt den Heimflug ein.

Nachdem er eine Stunde später auf dem Findling sitzt, wird ihm klar, wie viel er erst lernen muss, um den Flug so sicher als möglich zu machen. Obwohl es fürs Erste reicht, sieht er optimistisch und gespannt in die Zukunft.

Kerstin bleibt verwundert stehen. Die Menge sieht wie gebannt in den Himmel. Manchmal ertönt ein langgedehntes A. Kameraobjektive erfassen einen seltsam mysteriösen Punkt am Himmel. Einige murmeln, andere kommentieren.

Sie hat Mühe durch die Menge zu kommen. Außerdem drückt die Blase. Genervt bittet sie um Platz. Ein älterer Herr verstellt ihr vehement den Weg. Kerstin bittet mit mehr Nachdruck, doch der Herr bleibt eisern stehen. Irritiert schaut sie den Fremden mit aufkommender Wut an.

„Ist es nicht fabelhaft?"

„Entschuldigung, ich verstehe nicht." Kerstin ist irritiert.

„Die Natur bietet uns so viel an schönem."

„Kann ja sein, aber ich muss nach Hause. Sorry."

„Nicht so ungestüm, junge Frau."

„Junge Frau", wiederholt Kerstin belustigt. „Das ist gut."

„Mitnichten. Gesagt, wie gedacht."

Ein Lächeln erwacht auf ihrem Gesicht.

„Es scheint, Sie haben etwas mit den Augen."

„Nein, junge Frau." Die sonore Stimme des Fremden ist angenehm und vertrauenswürdig. „Sie aber ein Problem."

„Ich?"

Der Fremde nickt lächelnd.

„Haben wir nicht alle eine Last zu tragen?"

‚Oh Gott. Ein Philosoph', denkt sie zerknirscht.

„Danke. Doch ich hab es wirklich eilig."

„*Suum cuique* – jedem das Seine", meint er und wendet sich ab.

Kerstin macht große Schritte. Nur weg hier! Sie sieht auf die Uhr. Am Abend will Helmut seinen Geburtstag feiern. Über zwanzig Mann hat er eingeladen. Und vor lauter Stress und Hektik hat sie immer noch kein Geschenk.

Wie angewurzelt bleibt Kerstin stehen. *Geschenk!*

Der Tag scheint wahrlich nicht ihr Tag zu sein.

V.

Lars ist sauer. Seit einer Stunde sitzt ist er Kerstin gegenüber. Mittlerweile ist es drei Uhr. Weder auf seine noch auf Kerstins Anrufe reagiert Helmut. Beide schweigen sich in Helmuts Wohnung erbarmungslos an.

Soeben will Lars wieder seinen Frust loslassen, da wird ein Schlüssel ins Schloss gesteckt und die Tür geht auf. Beide sehen sich an. Dann steht ein völlig gutgelaunter Helmut im Türrahmen.

„Da seid ihr ja. Habe alles bekommen."

Stille. Gerade setzt Klaus zu einer Erwiderung an, doch Helmut kommt ihn zuvor.

„Wisst ihr was da draußen los war? Irgendein Unbekanntes Flugobjekt überflog die Stadt." Ein gekünstelt wirkendes Lachen soll das Gesagte unterstreichen. Auf den Heimweg überlegte er krampfhaft, wie er die Verspätung erklären kann. Warum nicht die Geschichte auftischen, die spätestens Morgen in aller Munde sein wird? Dass er sich dafür begeistern konnte, ist kein Geheimnis.

„Ich hab es auch gesehen", sagt Kerstin leise. „War eine große Aufregung."

Lars sieht abwechselnd zu Helmut und Kerstin. Er ist baff. Hat er irgendwas verpasst?

„Ich war zu weit weg und die Leute … Konnte nichts weiter erkennen. Und du, Schatz?"

„Mich hat das nicht interessiert", antwortet sie wahrheitsgemäß.

So richtig will keine Stimmung aufkommen. Deswegen bittet er Lars, ihn beim Auspacken zu helfen. Im Anschluss wolle er gern den Grill vorbereiten und das Vorzelt aufstellen. Statt einer Antwort steht Klaus auf und folgt Helmut. Beiden ist nicht wohl. Die Luft scheint geladen.

Jeder der beiden Männer weiß, was er tun soll. Ruhig und ohne weiteren Wortwechsel geht die Arbeit gut voran. Ziemlich schnell haben sie alles erledigt.

„Bier?"

Helmut reicht eine Büchse seinen Kumpel.

„Kann ich dich was fragen, Helm?"

„Klar."

„Mal unter uns: Dich bedrückt doch was."

„Ist das eine Frage?"

„Mehr 'ne Feststellung."

Helmut nickt.

„Gut erkannt."

„Und?"

„Prost."

Sie trinken. Eine Weile herrscht Schweigen.

„Du hast Recht, Lars. Frag mich nicht, was. Würdest du nicht verstehen."

„Naja. Wenn's am Alter liegt, hab ich's noch vor mir. Aber etwas stimmt mit dir nicht. Und mir kannst du es doch sagen."

„Wie lange kennen wir uns? Vierzehn Jahre?"

„Kommt hin."

„Hast du schon mal was erkannt, was du hast oder kannst, was andere nicht können?"

„Nein."

„Stell es dir einfach vor."

„Und dann?"

Helmut sieht ein, dass er damit nicht weiter kommt. Immer mehr vermanövriert er sich.

„Ich bin mir noch nicht sicher, Lars. Aber in mir geht etwas vor, was ich nicht begreife. Es ist so … unreell. Ich glaube, ich stehe vor einer großen Entscheidung."

Diese Eröffnung schockiert Helmuts besten Freund, und lässt

diesen stumm bleiben.

„Was willst du tun?" Vor einer Antwort fürchtet es Lars ein wenig.

„Keine Ahnung, wie gesagt. Bin mir unsicher."

„Hat das was mit Kerstin zu tun?"

„Ich kann es ihr nicht sagen. Genauso wenig wie dir, mein Freund."

Bedrückende Ruhe kehrt ein.

Kerstin betritt mit Salatschüsseln den zum Haus gehörenden Gartenbereich. Hinter der nächsten Ecke liegt Helmuts kleiner, zur Wohnung gehörender, Garten. Sie hört Helmut gerade sagen: „Vielleicht 'nen anderen Job. Andere Wohnung."

„Andere Frau?"

Kerstin stockt. Es trifft sie wie ein Blitz, als sie Lars' Worte hört.

„Hättest du meine Fähigkeit, würdest du genauso zweifeln."

„Möglich. Doch was hat Kerstin damit …"

„Konntest du deinen Mädels immer alles erzählen?"

„Sicher nicht. Ist auch nicht schlimm. Doch was es auch ist, Helm, du solltest mit ihr reden."

„Ha. Sie würde mir den Laufpass geben. Sie würde mich für verrückt halten. Nee 'nee mein Lieber. Lass mal."

Sofort fällt Kerstin das Gespräch vom Vormittag ein. Ein Stich durchbohrt sie. Kaum sich auf den Beinen haltend, ringt sie nach Atem. Alles dreht sich um sie. Mühevoll bleibt Kerstin dennoch stehen, schnappt nach Luft und beruhigt sich langsam. Zum Glück unterbrechen die beiden Männer das Gespräch nicht. Dies gibt ihr Zeit zur Erholung. Weitere zehn Minuten später schreitet sie, so als sei nichts geschehen, um die Ecke und stellt die Schüsseln auf den Biergartentisch.

Alle sind sie gekommen. Seine Eltern, einige Kollegen. Darunter auch Sabine, die niemand so recht mag. Nachbarn gratulieren, nehmen einen Bissen, trinken eine Kleinigkeit. Selbst Frau Putschinsk lässt es sich nicht nehmen, Helmuts Mutter Bowle zu kosten. Die Damen unterhalten sich ausgelassen. Männer stehen meist am Grill mit einem Bier in der Hand und fachsimpeln.

Einige seiner alten Schulkameraden kramen in alten Erinnerungen, die nicht immer Helmut im guten Licht stehen lassen. Wer den Schaden hat … Insgeheim jedoch muss auch er darüber lachen. Alles in allem herrscht gute, ausgelassene Stimmung.

Einige Freunde seinerseits haben wiederum Bekannte mitgebracht. Somit sind zurzeit etwa knapp fünfunddreißig Personen anwesend.

Helmut kommt nur schwer hinterher, mit jedem ein Wort zu wechseln. Für Getränkenachschub ist Lars zuständig.

Gegen sieben Uhr abends läutet es. Kerstin sieht nach und führt den Catering Service zu eine am Rande stehenden Tischzeile. Hier bauen die fleißigen Mitarbeiter die gelieferten Speisen auf. Dann kann das Abendmahl – Lars vergleicht es eher mit einer Raubtierfütterung – beginnen. Sogleich senkt sich der Lärmpegel auf ein Minimum.

Helmut merkt nicht, dass Kerstin auf Distanz steht. Kaum ein Wort haben beide gewechselt, seitdem die Party begonnen hat. Abseits hat sie Platz genommen. Verhält sich still, denkt nach. Sie fühlt sich allein. Der Tag, der so schön in der Nacht begann, verläuft nicht nach ihren Vorstellungen. Betrübt isst sie das Stück Fleisch, das einsam auf dem Teller weilt.

Lars hingegen steht gern im Mittelpunkt. Gerade gibt er einen Einblick in seine Arbeit im Autohaus.

„Vor einer Woche ist mir da was passiert", beginnt er theatralisch, „das kannst du eigentlich keinem erzählen. – Bin dort seit zwei Wochen. Jeden Abend, kurz bevor wir zu machen, rannte ein Jogger am Autohaus vorbei. Ich hab gedacht, ob er's durchhält – so wie der aussah. Irgendwie … zerlumpt, dreckig … Ich hab ihn um die sechzig geschätzt. Sein Stirnband verdeckte wahrscheinlich die wenigen Haare."

Die Menge schmunzelt.

„Es muss am vierten oder fünften Tag gewesen sein: Da kommt der Alte doch ganz zielstrebig in meine Richtung. Ich dachte: *Nein, nicht doch!*

Er schwitzte tierisch. Seine Klamotten stanken nach seinen Ausdünstungen. Das Oberteil war verschmiert. Echt, Leute – ich musste mich so beherrschen …"

Lars genießt die Aufmerksamkeit, die ihm entgegen gebracht wird. Besonders Sabine muss es dem Single angetan haben. Gebannt hängt sie an seinen Lippen.

„Und der will doch wirklich zu uns rein! Ich hab ihn natürlich daran gehindert. Schließlich sind wir ein sauberes, gepflegtes Haus. Mein Chef legt da drauf sehr großen Wert."

„Und was machte der?" Helmut kennt seinen Kumpel sehr gut. Dieser schmückt gern seine Geschichten ins Unerträgliche aus.

„Ich hab ihm den Weg verstellt. Hab gesagt: Wir schließen gleich. Mit Nachdruck, versteht sich. Doch der Alte bleibt stehen! Rührt sich nicht vom Fleck. Macht keine Anstalten zu gehen und grinst mich nur an. Ich hab schon an was Schlimmeres gedacht – man hört ja so viel heute.

Lass es zehn Minuten gewesen sein. Er wollte unbedingt einige Auto sich anschauen. Nur mal so. Ich dachte mir nur, der kann sich doch eh keines leisten. Doch er wollte partout nicht verschwinden. Ich war der letzte, alle anderen waren bereits gegangen. Aber ich bin hart geblieben. Hab ihn dann ins Gesicht gesagt, dass er so viel Geld wohl nicht haben wird. Dann hab ich abgeschlossen."

Zustimmendes Gemurmel. Pause.

„Und die Moral von der Geschicht?"

Wieder ist es Helmut, der nachhakt.

„Das Beste kommt noch, Alter." Lars trinkt einen großen Schluck. „Letzte Woche fuhr eine schwarze Limousine vor. Mit Chauffeur, wohlgemerkt! Der stieg aus und öffnet die Hintertür. Und ratet mal, wer dort ausstieg? – Genau, der Alte."

Helmut lacht laut.

„Hast du ihn gleich erkannt?"

„Nicht gleich." Das Gesicht des Erzählenden wird starr. „Erst als er auf mich zu kam und mich angesprochen hat. Anhand der Stimme. Er war sehr gut gekleidet. Wie ein Manager oder so. Kommt auf mich zu, wie gesagt und reicht mir die Hand. Ich kann euch sagen, ich war einfach nur verdattert. Hab auch gegrüßt. Und dann hab ich ihn gefragt, was ich für ihn tun kann.

,Nichts', meinte er nur. Ich dachte: Wie!

,Ich habe Sie hier immer bei meinen abendlichen Ausläufen beobachtet. Sie waren stets zuvorkommend. Machten einen außerordentlich vertrauensvollen Eindruck. Und da ich meinen Fuhrpark erneuern wollte, habe ich gedacht, in Ihnen den richtigen Geschäftspartner gefunden zu haben.'

Ich hab nur geschluckt. Und jetzt hab ich geschwitzt – wie ein Schwein.

,Hätten Sie nur eine Stunde Zeit gehabt, hätten Sie das Geschäft Ihres Lebens machen können. – So bin ich zwanzig Kilometer weiter fündig geworden. Dort hab ich acht solcher Wagen und zwei kleinere erworben. – Dies wollte ich Ihnen nur sagen, mein Herr. Vielleicht gehen Sie zukünftig nicht mehr nur nach der Fassade. Wünsche einen angenehmen Abend.'

Dann stieg der Alte wieder in den Wagen und war er."

Nun ist gespannte Ruhe eingekehrt. Jeder der Anwesenden hängt eigenen Gedanken nach. Nur Helmut schmunzelt offen. Doch irgendwie macht auch ihn die Geschichte nachdenklich.

In diesem Moment sieht Helmut im Augenwinkel Kerstin

vorbei gehen. Er löst sich aus der Gruppe. Geht ihr nach.

„Schatz, so warte doch mal."

„Du amüsierst dich doch gut. Da will ich nicht stören."

Kerstin geht weiter. Gemeinsam gehen sie stumm nebeneinander.

„Ich bin nun mal der Gastgeber, Schatz. Muss mich ja kümmern."

„Ja klar."

Dann stehen sie in der halb dunklen Ecke. Nur aus der gekommen Richtung ist es möglich, die Sackgasse zu verlassen. Hier hofft Helmut auf die Gunst der Stunde, um endlich mit ihr reden zu können. Auch ihm gefällt dieser Tag nicht – ausgenommen die Zeit mit seiner neuen Beschäftigung.

„Schatz", er ergreift ihre Hand, die Kerstin jedoch kalt zurückzieht. „He, Schatz …"

„Was? Sag!"

„Schatz, was ist mit dir …"

Sie liebt es, wenn er ruhig und gelassen mit ihr spricht. Doch jetzt …

„Das fragt der Richtige. Was ist los mit *dir*?!"

Ein ungutes Gefühl beschleicht Helmut.

„Nichts. Bin nur ein wenig durcheinander. Das ist alles."

„Was oder besser Wer steckt dahinter! Nun?"

Er atmet tief ein.

„Ist nicht so, wie du vielleicht denkst, Schatz."

„Ach nein", zischte sie gefährlich zornig. „Was denk ich denn!"

„Keine Ahnung … Das … das Übliche halt …"

„Oh ja. Und was ist das Übliche deiner Meinung nach?"

„Weiß nicht."

„Dann red keinen Stuss! Mir steht's bis hier oben."

Sie will an Helmut vorbei.

„Schatz. Nicht. Bleib."

„Sag mir was los ist. Was dich bedrückt oder beschäftigt. Und sag ja nicht, du bist in der Krise!"

Eine Warnung. Ein Schuss vor dem Bug.

„Es … es wird dir vielleicht nicht gefallen …"

„Stottere doch nicht so herum, Helmut. Mensch! Wird endlich erwachsen!"

Das tut weh.

„Ich bin Erwachsen."

Er lässt sich auf den harschen Ton ein.

„Sieht nicht so aus."

Noch einmal tief einatmen!

„Okay. Also. Ich hab was festgestellt."

„Und was?"

„Etwas, was mich … schockiert und zeitgleich fasziniert."

„Was, Helmut. Sag mir einfach was!"

Er sieht sich um. Niemand schenkt beiden übergebührliche Aufmerksamkeit.

„Ich hab festgestellt …" *Nein, er kann nicht!*

„… du dich neu verliebt hast? Ist es das?"

Nun ist es heraus. Das also ist es.

„Nein!"

„Sag es!"

„Mensch, Schatz."

„Es hat sich ausgeschatzt! Ich wusste es, ich habs gewusst. Wie blind bin ich nur gewesen …" Sie schluchzt.

„Nein. Hab ich nicht!"

„Was dann? Hab ich was falsch gemacht?"

„Nein! Mann!"

„Sag's mir." Ihre Stimme zittert und verliert an Kraft.

Helmut nimmt jetzt allen Mut zusammen.

„Ich fliege."

Kerstin stutzt.

„Die schmeißen dich raus?"

„Nein. Ich meine … Ich kann fliegen."

„Wie – du kannst fliegen. Hast du heimlich den Flugschein gemacht?"

„Nein! Ich kann wirklich fliegen. Ohne den Krams drum rum."

Kerstin sieht ihn fest in die Augen.

„Du verarscht mich doch …"

Helmut schüttelt langsam den Kopf.

Sie weiß nicht, was sie sagen soll. Endlich dachte sie, er meine es ernst und spreche mit ihr, und dann so was.

„Also –" Ihr fehlen eindeutig die Worte über diese Frechheit.

„Nein, Helmut. Nein. Das geht so nicht. Nee."

Sie macht einen Schritt auf die Seite und geht verärgerten Schrittes zurück. Auf ein Zurückhalten seinerseits wehrt sie ab.

„Lass mich in Ruh."

„Schatz, bitte …"

„Lass mich. Ich brauch 'ne Pause. Komm zu dir."

„Aber, ich kann es wirklich …"

„Dann flieg eben", presst sie zwischen den Zähnen hervor. „Aber lass mich mit deinen scheiß Geschichten in Frieden."

Im Augenblick hat es keinen Sinn; zu sehr sind beide aufgewühlt. Wut steigt in Helmut auf. Unendliche Wut. Auf sich, auf das Amulett, auf seine Gedanken, auf die Party, auf Kerstin.

Nein!

Auch ihm reicht es.

Nur weg. Nichts mehr sehen von alldem. Einfach weg.

Helmut merkt, dass keiner ihn beachtet. Ohne auch weiter darüber nur einen Hauch eines Gedankens zu verschwenden hebt er ab, und entschwindet im Dunkel der Nacht.

VI.

Helmut sitzt auf dem Findling. Der Streit mit Kerstin sitzt tief in den Knochen. Er lässt den Tag, insbesondere den Nachmittag bis zum Jetzt, noch einmal Revue passieren. Innerlich aufgewühlt ist an Nachtruhe eh nicht zu denken. Ein Plan muss her. Wie soll es weitergehen?

Nicht einmal mit seinen Eltern war ein Gespräch möglich gewesen. Zu sehr beschäftigt mit *der* Sache. Und jetzt? Was nun?

Wenigstens hält das Wetter. Es wird sich aushalten lassen. Die Nacht über macht er sich keine Sorgen. Oft und auch gern kampiert Helmut. Am liebsten weit weg von der Zivilisation. Bereits früh hat er gelernt, mit sich selbst auszukommen. Sich mögen ist eine Sache, doch tagelang allein zu sein mit sich selbst eine andere.

Genau das, was ich jetzt brauche.

Kerstin will eine Auszeit – Kerstin soll sie bekommen. Schnell fasst Helmut einen Plan. Dazu muss er noch einmal in die Wohnung. Er glaubt nicht daran, dort Kerstin zu treffen. Und wenn schon! Er schaut auf die Uhr. In zweieinhalb Stunden ist Mitternacht. Zeit, den Plan zu vervollkommnen.

Alles was er braucht ist Geld. Leider liegt die Brieftasche im Schlafzimmer. Dann einige Utensilien eingepackt und weg will er wieder sein. Wie viel Tage Urlaub hab ich noch? Egal, denn allein die Überstunden sollten für drei Wochen reichen. In die Firma kommt er nicht. Ergo muss er sofort morgen früh hin. Hm. Oder ist es günstiger, sich krank zu melden? Nein! Mit hoch erhobenem Haupt will Helmut die Angelegenheit anpacken. Ja! Anschließend die Stadt verlassen. Wohin? Auf keinen Fall darf es dort viele Menschen geben. Ein Dorf, abgelegen, eventuell mit Wald. Berge? Helmut war noch niemals auf der Zugspitze. Nein! Zu hoch. Ihm schaudert es bei dieser Idee.

Mittelgebirge. Es ist ja bekannt, dass die Menschen dort ein bisschen gemütlicher sind als die Städter. Thüringer Wald? Harz. Harz? Hexentanzplatz. Helmut muss schmunzeln. Passt eigentlich. *Doch ich bin keine Hexe.* Hm. *Eher ein Hexerich.* Lautes Lachen durchdringt die Nachtstille. Ein Hund bellt. Kleineres Getier stockt im Dickicht. Fern von hier ertönt der Ruf eines Uhus.

‚Des nachts kann ich mir ja ein Zimmer nehmen. Bar bezahlen. Jeden Tag ein neuer Ort.‘ Hm. ‚Zu hektisch. – An die See? Ostsee. Zu überlaufen. Wie wär's mit Rügen? Da falle ich auf.‘

Nein, es muss eine Gegend sein, an der er seine Ruhe findet.

‚Das Netbook mitnehmen. Hm. Zu langsam. Einen schnelleren Rechner kaufen! Teuer!‘

Seinen Eltern schreibt er einfach eine Karte. Egal woher. Hauptsache, sie sorgen sich nicht. Helmut nickt stumm. Endlich findet er innere Ausgelassenheit. Die Augen wandern gen Himmel. Genau über ihm ist die Wolkendecke aufgerissen; sie gibt die Sicht frei auf die Sterne. Sie wirken lebendig nah.

‚Soll ich?‘

Helmut, die Freiheit förmlich riechend, steht auf. Das Luftkissen spürend, hebt er ab. Leicht gelingt ihm der Aufstieg. Die Erde entschwindet seinen Augen. Das Wolkenloch als Ziel erreicht, entschwindet er hindurch. Es ist himmlisch! Die Nachtluft umweht die Nase frisch-würzig. Von hier oben aus betrachtet fühlt er regelrecht die Nähe der Sterne. Langsam geht es weiter im Schwebeflug. Direkt über den Wolken geben diese eine Art Sicherheit. Plötzlich nimmt er eine Bewegung war. Er erschrickt. Hält schwebend die Stellung. Nichts. Wieder weiter fliegend, ist sie erneut da. Schweiß bildet sich auf der Stirn. Mit erhöhtem Herzschlag wartet er.

Aufmerksamer denn je, nimmt er den Flug wieder auf, die Stelle nicht aus den Augen lassend, in der er etwas wähnt. Und da – jetzt. Und jetzt begreift er. Es ist er! Am Horizont durchdringt die Mondsichel eine höhergelegene Wolke. Fahles Licht wirft dementsprechende Schatten.

Aufatmend treibt er weiter. Genießt verzaubert sein Tun und die ambrosische Aussicht. Gemächlich vergeht die Zeit. Helmut ist eins mit dem Jetzt.

Es ist spät geworden. Helmut lauscht. Das ganze Haus scheint zu schlafen. Nirgends brennt Licht. Leise erreicht er die Wohnung. Öffnet die Tür. Lauscht abermals. Nichts. Die Dunkelheit ausnutzend geht er ins Schlafzimmer. Die Betten sind gemacht. Erleichtert allein zu sein, holt er die Sachen, die er die nächste Zeit braucht. Darunter auch seine geliebte Kamera. Holt aus dem Nachtischschrank das Amulett. Geschwind ist die Reisetasche gepackt. Noch einmal ein prüfender Blick. Dabei fällt Helmut der Zettel im Wohnzimmer auf. Im Lichte der Straßenlampe liest er:

Hallo Helmut.

Schade, wie der Tag verlaufen ist. Es tut mir leid, wenn ich Dir den Abend verdorben habe. Aber ich denke, es ist so besser, wenn wir uns für einige Zeit nicht sehen. Ich brauche Zeit zum Nachdenken. Wenn Du reden möchtest, dann ruf mich an.

In Liebe Kerstin

Nachdenklich legt er den Zettel zurück. Dann fällt die Tür ins Schloss.

Gleich am Morgen steht Helmut im Büro. Sein Chef ist nicht gerade erfreut, als er hört, was Helmuts Anliegen ist. Doch aufgrund Helmuts selbstbewussten Auftretens und der mauen Zeit, gewährt er den Urlaub. Gleich im Anschluss erwirbt er einen Tablet-Computer mit eigener Internetanbindung, vier SD-Speicherkarten für seinen Fotoapparat und einen enganliegenden Bergsteigerrucksack. Ein paar frische Brötchen runden den Einkauf ab. Auf einer Toilette in der Fußgänger Passage leert er die von daheim mitgenommener Reisetasche und packt alles in den Rucksack, wirft diesen über die Schultern und befestigt den Bachriemen.

Entspannt verlässt Helmut die Stadt. Erst mit dem Bus, dann in die Lüfte steigend. In gebührender Höhe treibt er mit dem Wind der neu erworbenen Freiheit entgegen. Mit dem Rucksack geht es besser als gedacht. Anfangs misstraut er seiner Idee. Mit zusätzlichem Ballast hat er es ja noch nie ausprobiert. Doch es scheint keine Rolle weiter zu spielen. Geschickt und behände – Helmut kommt es vor, er habe nie etwas anderes gemacht – gelingt es ihm, eine imposante Geschwindigkeit vorzulegen.

Erstaunt und darüber beeindruckt, wie sehr das Leben ihn ins Herz geschlossen haben muss, legt er Distanzen zurück, die nicht einmal mit dem Auto schneller erreicht worden wären.

Was für ein Geschenk!

Über Wiesen, Dörfer, Städte, Wälder geht es im rasant anmutenden Flug hinweg. Helmut geht es seit langem richtig gut. Weit weg vom Trubel der Gesellschaft, spielt die Zeit eine untergeordnete Rolle. Er nimmt sie als das wahr, was sie ist. Die Minuten erfährt er in tatsächlicher Form. Der inneren Uhr vertrauen, ohne sie mechanisch zu messen. Am Sonnenstand die Orientierung vornehmen. Leben mit dem Ich und im Einklang des Weltenklanges.

Helmut gibt sich philosophischen Vergleichen hin. Unwichtig die materiellen Dinge. Das Sein genießen – phänomenal.

Am Horizont kommen Wolken auf. Regen? Nach einer Gewitterzelle sieht es nicht aus. *Doch Vorsicht ist die Mutter der Porzellan-Kiste.* Ein guter Spruch, findet Helmut. Da er bereits längere Zeit unterwegs ist, hält er Ausschau für einen geeigneten Landeplatz. Dafür verringert er die Lufthöhe.

Nicht das er wählerisch ist. Doch die gerade Luftlinie ist nun mal kürzer. In einiger Entfernung ist eine Wiese, die ihm regelrecht einlädt. Ringsherum freies Land. Nur ein paar Häuser weit und breit. Gerade peilt Helmut den Ort an, als es lautstark knallt.

Er zuckt zusammen.

Die Wolken sind rasant unterwegs. In der Luft ist es gefährlich bei Gewitter. Einmal aufgeladen, kann Helmut jederzeit ein Blitz treffen. Wieder das ohrenbetäubende Donnern. Zwischen der Kalt- und Warmfront entsteht ein wahres Blitzgeflecht. Nun wird es aber Zeit.

Schon muss er gegen den Wind ankämpfen. Er kann die unterschiedlichen Luftschichten hautnah spüren. Es ist eben anders, nicht von einem faradayschen Käfig umgeben zu sein, wie zum Beispiel in Flugzeugen. Etwas überhastet geht Helmut in den Sturzflug über. Jeder weitere Blick verrät ihm die Schnelligkeit des Gewitters. Direkt auf ihn zu!

Den Gegenwind unterschätzend, trudelt er streckenweise. Beharrlich arbeitet er daran, die Drehungen auszugleichen. Stabilisiert die Flugbahn, fällt in ein Luftloch, fängt sich erneut. Auf diese Art verliert er enorm an Höhe. Die Wiese kann er jetzt nicht mehr rechtzeitig erreichen. Zu gefährlich. Laut pochenden Herzens will Panik aufkommen. Mit viel Mühe und hochkonzentriert gelingt ihm das Unmögliche.

Wieder Bäume! Egal. Kurzerhand nimmt Helmut den Erstbesten ins Visier. Daneben in der Lücke, glaubt er, sei ein guter Unterstand vor dem nahenden Regen. Ohne weitere Gedanken korrigiert er den Kurs. Die Fallgeschwindigkeit kann er nicht bestimmen. Nützt auch nichts. Für eine sanfte Landung bleibt keine Zeit. Äste streifen Körper und Gesicht. Seine Reaktion ist gleich null. Noch einmal versucht Helmut abzubremsen. Dann klatscht er auf.

VII.

Über ihn tobt das Unwetter. Benommen dauert es eine Weile, bis er klar die Situation überblicken kann. Dicke Regentropfen trommeln auf die Baumkronen, die vom Sturm durchgeschüttelt werden. Bei jedem Donnerschlag zuckt er innerlich. Durchnässt wartet er ab. Mittlerweile ist er ruhiger. Neugierig sieht er sich um.

Sein Gesicht brennt. Der Regen durchdringt seine Kleidung rücksichtslos. Überall Wasser! Helmut stutzt. *Überall?* Jetzt kommt er ganz zu sich. Ungläubig sehen die Augen, was seine Haut schon längst fühlt. Mitten in einem Flusslauf findet er auf allen Vieren in die Wirklichkeit zurück. Bis über den Ellenbogen reicht das Wasser.

Vorsichtige Bewegungen verdeutlichen, dass er unverletzt ist. Darüber beruhigt kocht Wut auf. Die erste Niederlage im neuen Lebensabschnitt. Den Tränen nah erhebt er sich schwerfällig. Schon komisch, dass gesamte Eigengewicht gewahr zu werden.

Währenddessen ist das Gewitter weiter gezogen. Bis auf die Haut nass, watet Helmut bedachten Schrittes aus dem Fluss. Ein Stöhnen kann nicht gänzlich unterdrückt werden. Jeder Knochen meldete sich einzeln. Im Moment ist er ein gebeutelter Mann.

Es lockert auf. Helmut zieht die triefenden Sachen, bis auf den Slip, aus und legt sie zum Trocknen in die Sonne.

„Daran habe ich gar nicht gedacht, dass es regnen kann", sagt er laut. „Wird noch einiges auf mich zu kommen."

Noch wurmt der Ärger den Himmelsstürmer. Wobei – mehr hinab, als hinauf ist er gestürmt. Er lacht. Wenigsten den Humor verliert er nicht. Doch dafür ist er auch nicht der Typ.

‚Für heute ist erst mal Sense! Mit ein bisschen Glück, trocknen bis abends die Klamotten. Morgen ist auch noch ein Tag.'

Hunger lässt den Magen brummeln. Ihm fallen die Brötchen

ein. Er ergreift den Rucksack.

„Oh je. Hoffentlich ist er nicht zu nass."

Er ahnt schlimmes. Doch schon nach einigen Handgriffen stellt er erleichtert das Gegenteil fest.

„Trockene Brötchen – na Klasse …"

Zumindest sind sie noch nicht hart.

Helmut zieht seine Schlüsse. Er darf nicht zu sehr an das Leben daheim orientiert sein. Oder aber er sucht ein Hotel. In Anbetracht der Tatsache, hält er es für besser.

„Ein, zwei Tage."

Es ist beschlossen. Nach zwei Stunden sind die Sachen trocken; relativ gesehen. In Wahrheit sind sie klamm und feucht. Aber sie sind sauber.

In der Abenddämmerung steigt er gen Himmel auf. Eine Stunde danach erreicht Helmut zu Fuß das, aus der Luft gesichtete, Wald-Hotel. Besser nicht auffallen, ist die Devise. Beim Betreten kommt Urlaubs-Feeling auf. Vor sich hin summend betritt er das Zimmer. Begibt sich unter die Dusche und liegt hinterher lang ausgestreckt auf den etwas zu weichem Bett. Trotz Hunger schläft er ein.

Der Tag danach. Trübes Wetter. Wahrscheinlich hatte es die Nacht über geregnet. Müde und schlaff geht er zum Frühstück. Der Raum ist nur halb gefüllt. Es ist still. ‚Hierher scheinen sich nur wenige zu verirren‘, denkt er. Ihm ist es sehr recht. Dies ermöglicht unbehelligt zu bleiben. Ganz nach seinem Geschmack. Sein Verhalten ist wie die eines Freaks. Die letzten Tage sind reines freigelegtes Adrenalin. Wie eine Droge konsumiert er. Ein Luft-Junkie!

Aeronaut. Dieses Wort gefällt. Klingt gut, trifft den Nagel auf den Kopf und hört sich ein wenig magisch an. Genauso geheimnisvoll, wie die Situation selbst.

Nebenher füllt Helmut den Teller. Salamiwurst, einen Klecks

Marmelade, Butter. Gebratener knuspriger Schinken sowie etwas vom Rührei. Deftig, da er ausgehungert ist, und zumal nicht weiß, wann er wieder etwas essen kann.

Das Hotel und seine Lage gefallen dem Vierzigjährigen. Schon denkt er über eine Verlängerung nach, der, angesichts des Publikums, vermutlich nichts entgegensteht. Erst mal jedoch stärken!

Eine Bedienstete schenkt Kaffee ein. Er bedankt sich und widmet sich ausschließlich dem morgendlichen Verzehr cholesterinreichen Essens. Fliegen ist zwar sehr gut fürs Wohlbefinden, vor allem für die Psyche, doch benötigt es auch einiges an Kalorien mehr. Zwei Nachschläge und eine dreiviertel Stunde später, verlässt Helmut gestärkt den Raum. Sein Weg führt ohne Umweg an die Rezeption. Und wirklich kann das Zimmer noch eine Woche gebucht werden. Dankbar nimmt er Vorschlag einer Vorauszahlung an, da es eine Ersparnis von sieben Prozent verheißt. Zufrieden geht er den Tag an.

Zuerst widmet er die Aufmerksamkeit dem neuen Tablet. Richtet die SIM-Karte ein. Rund vierzig Minuten dauert die Prozedur, ehe er ins Internet kommt. Sein Augenmerk wird auf eine Meldung gelenkt, mit der Überschrift: UFO AM HELLLICHTEN TAG!

Gespannt lädt er die Site.

Ein unbekanntes Flugobjekt überflog gestern die Stadt und brachte eine willkommene Abwechslung. Hunderte Passanten konnten es mit bloßem Auge beobachten. Für eine viertel Stunde hielten sie den Atem an. Interessant: Das Objekt blieb minutenlang still am Himmel stehen, bevor es schließlich verschwand.

Helmut überzieht eine Gänsehaut. Ort und Zeit trafen zu! Sie schrieben über ihn! Gebannt liest er weiter: *Frau F. zu unseren Reporter: „Es war fantastisch anzusehen." Herr K.: „Leider war nicht viel zu erkennen. Ich habs gefilmt, doch leider sind die Aufnahmen zu verpixelt."* In der Passage ging nichts mehr. Jeder wollte sich dieses Ereignis nicht entgehen lassen. Noch Stunden später war es Stadtgespräch Nummer Eins. Kinder dagegen fanden das Spektakel weniger spannend. Ein Kleinkind entfernte sich so weit, dass die Polizei eingeschaltet werden musste. Doch die kleine Sue spazierte gemütlich durch die Spielwaren-Abteilung.

Sein Herz schlägt immer noch rasant. Mit einem Schlag wird ihm klar, dass er hohe Wellen zu schlagen in der Lage ist. Niemand durfte ihn sehen, was dem Ganzen einen gewissen Reiz nimmt. Denn schließlich steht er nicht gern im Mittelpunkt. Darüber muss noch nachgedacht werden – und zwar gründlich!

Aufgewühlt vom Gelesenen fühlt er sich plötzlich wie ein Kaninchen auf der Flucht. Gehetzt durch die Unberechenbarkeit zufälliger Beobachtung. Außenseiter hatten es immer schwer, und werden es immer schwer haben. Liegt klar in der menschlichen Natur. Im Mittelalter gab es Schauvorführungen. Menschen mit Missbildungen wurden ausgestellt und begafft! Man zahlte für die Belustigung ein paar Groschen; damals viel Geld. An etwas unbegreiflichen teilnehmen. Oder die Inquisition schwärmte aus. ‚Ob ich damals als Hexe gegolten hätte?'

Ihn schaudert es. Vorstellen, wie er auf dem Scheiterhaufen stehen könnte, kostet etwas mehr als pure Fantasie. *Das Leben ist für einige nicht einen Pfifferling wert.* Eine Redensart, die es in sich hat. Anders zu sein gilt auch heute noch als Makel. Nicht mit der Mode zu sein, geht gerade noch durch. Doch selbst mancher Behinderte muss noch immer mit unverschämten Blicken kämpfen.

Helmut geht ans Fenster. Schaut auf die einladende Natur. Es regnet nicht mehr. Und die Sonne sucht einen Weg durch die Wolken. Zeit für einen Erkundungsgang!

Unweit des Hanges, der zu einem Berg gehört, hat er einen alten Holzunterstand gefunden. Teilweise mit Gesträuch verdeckt, scheint er unbenutzt. Das ideale Versteck. Von hier aus ist es ihm möglich, seine Touren zu planen und auszuführen.

Wilde Gräser, soweit er sehen kann. Nur ein schmaler Pfad ist sichtbar. Helmut schließt daraus, dass nur wenige Menschen sich hierher verirren. Geduldig beobachtet er eine kleine Feldmaus, die Futter sucht. Kerstin würde jetzt aufschreien.

Vom Unterbewusstsein gesteuert, nimmt er das Handy in die Hand. Keine Nachricht. Kein verpasster Anruf. Er steckt es wieder in die Tasche. Stattdessen nimmt er die Kamera und beginnt Fotos zu machen. Von der gerade in einem Erdloch verschwindenden Maus, der Wildwiese, des Berges. Feuchtigkeit vom Regen schwebt in der Luft. Ein Sonnenstrahl bricht sich in den feinen Tröpfchen, und gipfelt in einem prismatischen Effekt. *Klick.*

Die schönsten Bilder sind die mit Atmosphäre. Nicht nur das Objekt einfangen, sondern eben auch die gewisse dazugehörende Stimmung – das ist die Kunst. Helmut schwört darauf. Und sein Bildarchiv umfasst mittlerweile tausende solcher Aufnahmen.

Eine Idee nimmt währenddessen mehr und mehr Gestalt an. Das Höchste wäre doch, während des Fliegens zu fotografieren! Warum hunderte von Euros ausgeben, für einen Helikopterflug. Davon beseelt, bereitet Helmut alles Notwendige vor.

Wichtig ist es, die Kamera vor dem Absturz zu sichern. Zwischen den Bäumen gibt es kaum Chancen, sie wieder zu finden. Erst versucht er es damit, den Schulterriemen mehrmals um den Hals zu legen. Doch es nimmt nicht nur die Luft, es ist auch noch schwer, den Auslöser zu betätigen. Unhandlich sowieso.

Nach längeren sinnieren dann die zündende Idee: Der Riemen reicht ihm locker um den Bauch. Nur richtig festgezurrt und es kann losgehen. An der Kamera ist der Riemen jeweils beidseitig angebracht, so liegt sie flach am Körper an.

Sanft trägt das Luftpolster Helmut in höhere Sphären. Durch kontinuierliche Handbewegungen kommt er schnell vorwärts. Beeindruckend überwältigend, wie er sich ohne mechanische Hilfe nach oben schraubt. So muss sie aussehen, die Leichtigkeit des Seins!

„Wow, wow, wow!"

Breit sein zufriedenes Grinsen. Glückselig erobert er luftige Höhen. Durchdringt wie ein Pfeil die unterschiedlichen Luftmassen. Lässt sich nicht aus dem Gleichklang bringen. Souverän setzt er Erfahrenes ein. Und genießt abgöttisch dieses – im wahrsten Sinne des Wortes – himmlische Treiben.

Hin und wieder drückt Helmut den Auslöser. Endlich Glücksmomente für die Zukunft festhalten! Leider kommt er jetzt nicht an den Video-Umschalter heran, da dieser sich auf der Rückseite des Apparates befindet. Nichts desto trotz vollführt er die tollkühnsten Flugkünste.

Auf und ab. Im weiten Bogen gewinnt Helmut mit Muskelkraft steil an Höhe. Erhaben schwimmt er scheinbar schwerelos durch den Sauerstoffozean. Nimmt bewusst die eingegangene Symbiose auf.

Eine Unzahl von Wow's, die lauthals ausgerufen und vom Wind in die Endlichkeit verweht wird, zeugen vom Sieg einer Evolutionsstufe. Anders ist es kaum erklärbar, was Helmut glühenden Herzens vollführt.

Von seinem Standpunkt aus, ist es überhaupt nicht einfach, die Orientierung zu behalten. Über dem Gebiet sieht er nur auf Wald und Wiesen. Wo genau ist nur der Unterstand? Gut getarnt ist der für ungeübte Augen nicht auffindbar. Nur anhand des Hotels weiß er die ungefähre Richtung. Verdammt! Gleich heut Abend noch wird er sich um einen GPS-Tracker fürs Handy kümmern.

Weiter trübt nichts seine Euphorie.

Immer feiner wird der Flugablauf. Und Helmut immer mutiger. Manchmal trennt Mut nur ein Wimpernschlag von Leichtsinn. Außenstehende würden den Atem anhalten. Einige die Augen verdecken, um nur nicht hinschauen zu müssen.

Loopingmäßig geht es per Sturz in die Tiefe. Am Beginn der Übungen, wie Helmut sie nennt, vollführt er noch in gebührendem Bodenabstand die Kehrtwende hinauf. Es ist wie Anlauf nehmen. Im Rausch der Geschwindigkeit wird er immer waghalsiger. Gerade eben zieht er einen halben Meter über dem Strauchwerk hoch.

Unermüdlich reizt er die Fertigkeit aus. Grenzen ausloten – wann tat er es das letzte Mal? Nicht in überschaubarer Erinnerung. Dafür muss er tiefer bohren.

Als Siebenjähriger bekam er sein erstes Fahrrad vom Großvater. Ohne Hilfsräder! Mit steifem Bein brachte er Helmut das Fahren bei. Mehrmals drohte er einfach umzufallen. Durch Opas beherztem Eingreifen blieb ein Sturz erspart. Innerhalb weniger Stunden beherrschte er das Rad. Abends daheim wollte er unbedingt noch eine halbe Stunde fahren. Mutti hatte nichts dagegen. Nur ein „Pass aber auf" konnte sie sich nicht verkneifen. Vorm Haus fuhr er auf der Straße auf und ab. Immer rasanter. Immer kontrollierter. Doch in der letzten Kurve, die Helmut kurzschlüssig nehmen wollte, rutschte das Hinterrad einfach weg. Mit schmerzverzerrtem Gesicht, doch ohne eine einzige Träne, schob er das Fahrrad in den Keller. Wochenlang stand es dort unbenutzt.

Dreiunddreißig Jahre ist das nun her. Mein Gott, wo ist nur die Zeit geblieben!

Spontan bremst er ab. Helmut kennt genau seine Schwächen. Er mochte nicht den Spaß durch Unbesonnenheit verlieren. Also, langsam und Zeit nehmen!

Nicht mehr lang, und die Sonne wird hinter den Berg verschwinden. Tiefer gehend suchen seine Augen den Holzunterstand. Dabei muss er mehrmals einen Bogen fliegen. Dabei fällt ihm der wundervoll bestrahlte Himmel ins Auge. Um den Tag einen krönenden Abschluss zu geben, sucht er die beste Stelle aus, um zu fotografieren. Jetzt hätte er gern die Kamera flexibler gehalten.

Helmut versucht, den Riemen etwas zu lockern. Dabei gerät sein Körper ein wenig aus dem Gleichgewicht. Die Höhe nicht mehr halten könnend, beginnt er lebhaft mit den Armen zu Rudern. Fünf Höhenmeter tiefer fängt er sich. Aber auf das Abschiedsbild verzichten zu müssen, passt ihm nicht. Also – erneut beginnt er zu nesteln, dieses Mal einhändig. Ein bisschen lockert sich der Trageriemen. Hektisch schaltet er die Kamera ein und justiert über den LCD-Bildschirm den Sonnenuntergang an. *Herrlich diese rot angestrahlten Wolken.* Beim Anblick vergisst er, dass er in der Luft schwebt. Und wieder droht das Trudeln.

Nochmals steigt er höher. Drückt den Auslöser blindlings, in guter Hoffnung. Als er einen prüfenden Blick auf die Aufnahme werfen will, gerät er vollends ins Rotieren. Dem Boden gefährlich nah, ist er einen schweren Schlag ausgeliefert.

VIII.

Benommen durch den unerwarteten Stoß – was es auch sein mochte – will er nur noch runter. Aus dem Augenwinkel bemerkt er ein Büschel trudeln. Sollte er wirklich mit einem Tier zusammen gestoßen sein? Konditionell am Ende, geht er zur Landung über.

,Wieder ein Baum!'

Scheinbar zieht Helmut sie magisch an. Kaum noch Kraft, gelingt dennoch das eingeleitete Ausweichmanöver. Um Haaresbreite verfehlt er die mächtige Baumkrone. Mehrere weit heraus gewachsene Äste streifen ihn peitschenartig. Dadurch wird der Flug nachhaltig gestört. Einer ist besonders hartnäckig. Umwickelt Helmuts Unterschenkel, wird stramm gezogen, lässt los. Gemindert in der Geschwindigkeit durchdringt Helmut Ast um Ast. Er rudert was das Zeug hält. Schlussendlich erreicht er den Boden hart, aber auf den Füßen. Abfedernd gelingt ihm das scheinbar Unmögliche, heil anzukommen.

„Oh Gott", presst Helmut hervor. „Man, man, man."

Nach Atem ringend beruhigt er sich zusehends.

Plötzlich hört er es flattern und rascheln. Erschrocken sucht er nach der Ursache. Jetzt geht es ziemlich schnell. Im Endeffekt kann Helmut nur feststellen, dass einem Meter neben ihn ein knäuelartiges Gebilde zum Liegen kommt. Ein *Plumps*-Geräusch sagt einiges über dessen Beschaffenheit aus.

Bei genaueren Betrachten bewegt sich das Knäuel. Zwei schwarze Augen und ein heller Schnabel kommen zwischen dem braungrauen Gefieder zum Vorschein. Das Tier versucht wegzufliegen, doch der rechte Flügel hängt schlaff und unkontrolliert herab. Luft pumpend sitzt der Vogel aufgeplustert da.

„Was bist du denn für einer."

Schuldbewusst geht Helmut in die Hocke. Begutachtet den Kleinen von allen Seiten, um heraus zu finden, um was für eine

Art es sich wohl handelt. Geistesgegenwärtig bannt Helmut den Vogel auf Chip.

„Keine Angst, mein Kleiner." Helmuts Stimme ist sanft und eindringlich. Als Tierfreund findet er meist Zugang zu anderen Arten. Mit Respekt sich annähernd, merkt der Vogel wohl, dass er nichts zu befürchten hat. Oder der Sturz macht ihn noch immer perplex. Zart nimmt Helmut das Tier zwischen die Hände. Sofort krallt der Kleine sich fest.

„Schschsch ... Ganz ruhig. Ja."

Der Flügel ist nicht gebrochen.

„Du hast genau so viel Glück wie ich."

Da das Tier keine Gegenwehr ausübt, legt Helmut den Flügel an den Körper.

„Du hast bestimmt noch nichts mit Menschen zu tun gehabt, oder?"

Bei dem Tier handelt es sich um eine Eulen Art. Klein von Wuchs, könnte es sich um ein Jungtier handeln.

„Bist du Männlein oder Weiblein?"

Neugierig kuckt Helmut das Tierchen an. Dabei streicht er mit dem Zeigefinger über den Bauch.

„Hm. Ist auch egal, oder?"

Im Kopf schwirrt der Name Euphemia. Keine Ahnung, weshalb! So will er die Eule fortan nennen. Denn eines ist klar: Dank dieser Verletzung braucht sie Pflege. Wie gedacht so beschlossen!

Im Unterstand angekommen, setzt Dunkelheit ein.

„Leider muss ich zurück, Euphemia. Du bleibst hier und gleich morgen in der Früh bring ich dir was."

In der einen Ecke steht ein verwitterter Schemel. Darauf setzt er sie. „Nicht weg laufen."

Ringsum den Verschlag gibt es genügend Gräser und Moose. Daraus fertigt er dem Tier ein weiches Lager, und setzt Euphemia hinein. Scheinbar gefällt es der Eule. Regungslos bleibt sie sitzen. Schlechten Gewissens geht er zum Hotel zurück.

Die Dusche wirkt Wunder; er fühlt sich frisch. Gut gelaunt denkt er an Euphemia. So lang er auch nachdenkt, aber bei dieser Vogelart versagen seine Kenntnisse. Anhand des aufgenommenen Bildes geht er auf Internetrecherche. Ziemlich nahe kommt der Sperlingskauz. Die Abbildung zeigt den Waldbewohner nicht größer als eine Männerfaust. Puschelig und rund – wie Euphemia. Somit ist sie ausgewachsen. Sachen gibt's! Helmut lächelt vergnügt. Lädt eine Site nach der Anderen. Erforscht Lebensraum und Nahrung. Kleinvögel gehören ebenso dazu wie Insekten.

Ein Blick auf die Uhr zeigt ihm das Essenszeit ist. Rasch ordert er noch eine GPS-App für sein Handy. Er kann es später herunterladen und installieren. Dann geht er runter in den Speiseraum.

Es ist einiges mehr los, stellt er überrascht fest. Unterschiedliche Dialoge zeichnen ein Bild gesamtdeutscher Popularität unter den Urlaubern. Am Nebentisch erzählt einer über den Zirkusalltag. Vermutlich Artisten. Interessiert hört Helmut heimlich zu. Bekommt so Einblick in die Sorgen des Erzählers, bei dem es sich um einen Mann Mitte dreißig handelt. Als Wortführer bestimmt der die Themen. Ausnahmslos geht es ums Personal.

„Das Publikum nimmt immer mehr ab", sagt er. „Wie sollen wir uns da über Wasser halten? Ich hab schon mehr als zwei Monatsgagen nicht gekriegt."

„Aber was willst du dagegen tun!"

„Wir brauchen ein Highlight, das ist alles. Etwas noch nie Dagewesenes!"

„Und was bitt' schön soll das sein? Selbst unser Illusionist – und der ist wirklich gut – kann das Zelt nicht füllen."

„Es müsste etwas sein, was spektakulär ist. Vielleicht erfinden wir was ganz Neues. Das wär's doch, Jungs, oder?"

Letzten Monat, so erfährt Helmut, zog der Zirkus durch mehr als zwölf Städten, Dörfern und Gemeinden. Nicht einmal die Fahrtkosten waren drin. Dieses Leben ist hart. Artisten sein ist eine Berufung, und nicht nur reiner Broterwerb.

„Selbst Kinder sind nur schwer zu begeistern, Dieter. Die haben ja auch alles. Und die Glotze bietet wirklich mehr wie wir."

„Eben. Alles aus der Konserve. Ja nicht aus dem Haus müssen."

„Was soll's. Die Zeit ist nicht mehr weit, und uns gibt's auch nur noch in der Kiste."

Getrübt schweigen sie.

Helmut ist mit dem Essen fertig. Etwas verstohlen sieht er in die Runde. Vom Fleisch liegt noch ein Rest auf dem Teller. Diesen verpackt er geschwind in eine Serviette.

Im auf- und abschwellenden Gemurmel der Anwesenden geht er zurück ins Zimmer.

Den Tag gedankenvoll rekapitulierend, betrachtet Helmut träumend die gemachten Aufnahmen. Ein Drittel davon ist unscharf und verwackelt. Er löscht sie. Das Letzte zeigt einen nicht gut gelungenen Ausschnitt des Sonnenunterganges. Er zoomt hinein und erkennt einen undeutlichen, verwaschenen schwarzen Fleck am Rand. Höchster Zoomfaktor lüftet das Geheimnis. Euphemia! *Das ist sie.* Sie musste auf der Jagd gewesen sein. Unbewusst fasst er an der Stelle im Nierenbereich, der auf Berührung empfindlich reagiert. Durch die Turbulenzen seiner Ungeschicklichkeit prallten sie aufeinander. *Ein Grund mehr, mich um sie zu kümmern!*

Dann nimmt Helmut an der Kamera noch diverse Grundeinstellungen vor, die morgen ein optimales Ergebnis liefern sollen. Nach getaner Arbeit installiert Helmut noch kurz die GPS-Software, überprüft es auf Funktionalität. Müde und geschlaucht löscht er anschließend das Licht.

Euphemia frisst dankend die mitgebrachten Speisen. Beim Frühstück mopste er ein wenig vom frischen Hackfleisch. Die einzelnen Würmchen verschlingt der Sperlingskauz. Auf dem Weg zum Unterstand füllte Helmut ein paar Schluck Wasser in eine nullkommadrei Liter Plastikflasche. Aus der Kappe hofft er, Euphi etwas anbieten zu können.

Vertrauen findend, darf Helmut den Vogel anfassen. Er versorgt unter prüfendem Blick den verletzten Flügel.

„Du musst gut fressen, hörst du. Mehr kann ich nicht tun."

Mit verstehenden Augen blickt sie ihn an. Verziehen schien der kleine Unfall. Neue Freunde findet man eben nicht alle Tage. Dankend scheint Euphemia seine Nähe wohlwollend hinzunehmen.

Den halben Vormittag verbringen sie zusammen. Mit dem Schraubverschluss wird es nichts. Stattdessen trinkt sie argwöhnisch aus seiner gewölbten Hand. Helmut wiederholt die Prozedur mehrmalig, damit die Angst bei beiden schwindet. Und das tat sie auch.

Gegen Mittag bereitet er den Fotoapparat vor. Bindet ihn sich um den Bauch, stellt die Videofunktion ein. Speichert auf dem Smartphone die aktuelle GPS-Position.

„Bin gleich wieder da, okay?"

Mit einem Lächeln nickt er der Versehrten zu.

Strahlend blauer Himmel wirkt entschädigend auf Seele und Gemüt. Besonders nach den aufregenden Tagen. Ein Urlaub wie er im Buche steht. Gespickt mit Abenteuer, Adrenalin und diversen kleineren Überraschungen. Langeweile kommt so nicht auf. Besser als Ferien am Strand.

Mit der Gewissheit an alles gedacht zu haben, lenkt er die Konzentration auf die Gegend, die gerade überquert wird. Reiseunternehmer und Fluggast in einem ermöglicht es, die nicht von Touristen überlaufenen Routen auszuwählen. Unbekanntem auf der Spur, macht jedes Erlebnis zu einem Besonderen.

Erforscherdrang steigt auf. Das Tal unten zeigt unterschiedlichste Nuancen. Da blühen Wildblumen, dort blanker Fels. Mischwald, in dem Nadelhölzer dominieren. Streckenweise kein Pfad, kein Weg. Unberührte Natur – jedenfalls vom Menschen. Weiter südlich flacht das Gelände ab. Der Übergang erfolgt fließend, wie von einem Maler alter Garde auf Leinwand gebannt. Gleich hinter der Wiese, die selbst in dieser Höhe vom Reichtum der Pflanzen zeugt, beginnt bearbeitetes Land zur Domäne zu werden. Kurzgeschnittener Rasen, Ackerland. Wiederum nur wenige Meter entfernt eine Schnellstraße, die sich schlängelnd durch die Landschaft windet. Kaum befahren. Das nächste bebaute Grundstück liegt etwa einen halben Kilometer weiter.

Eine lange Schleife ziehend, nimmt er die Typographie auf. Hier und dort steht ein Baum. Nach einigen Kilometern mündet die Straße in eine Allee. Dort – er traut seinen Augen nicht – befinden sich drei zu einem Zirkus gehörende Wohnwagen.

‚Vermutlich die Vorhut', denkt Helmut. Ihm fallen der gestrige Abend und das belauschte Gespräch beim Abendessen ein. Helmut geht tiefer. Die verwitterten Schriftzüge an den Seiten lassen ihn nur erahnen, um wen es sich handelt. MURIAL. Sagt ihm nichts. Nun gut: Seit vielen Jahren beschäftigt er sich auch nicht mit dieser Materie. Die Wissenslücke ist also nicht schlimm.

So lässt er Zirkus Zirkus sein, und setzt die Flug Tour fort.

Schon wieder erreicht die Sonne einen niedrigen Stand. Ernüchtert nimmt Helmut noch einmal die unter ihm dahinfliegenden Flächen unter die Lupe. Besser, einen gewissen Überblick zu haben. Man kann ja nie wissen …

Ein Blick aufs Handy, und er weiß, in welcher Richtung der Unterstand ist. Wenige Augenblicke später steht er glücklich und erleichtert auf festem Boden. Beflügelt von der ersten gelungenen Landung betritt er gut gelaunt den Unterstand.

Drinnen herrscht zwielichtiges Ambiente. Eine Weile braucht es, bis sich die Augen daran gewöhnt haben. Überrascht, Euphemia nicht anzutreffen, blickt sich Helmut um.

„Da bist du ja", sagt er voller Freude, als er den Kauz in einer Ecke am Boden entdeckt. „Bist du runtergefallen?"

Er geht auf den Vogel zu, der in eine Abwehrhaltung geht. Helmut stutzt. Was sie nur hat?

Nach einigen Abwarten erkennt er den Grund: Übermäßiger Hunger hat sie wohl die Verletzung vergessen lassen, und das Endergebnis sieht er zwischen ihren Krallen.

Angewidert weicht Helmut zurück. Geht hinaus. Langsam wird ihm klar, dass er es eben mit einem wilden Lebewesen zu tun hat. Dies wirkt zwar beruhigend, dennoch bleibt ein ungutes Gefühl. Ihm wird kalt. Er schaudert, in der Hoffnung, das ausgesprochen unangenehme Gefühl damit weg zu schütteln. Für Schmusestunden steht er ab sofort nicht mehr zur Verfügung!

Um sich abzulenken nimmt er die Kamera ab. Die Aufnahmen werden ihn sicherlich mehr begeistern.

„Auch auf Fotopirsch?"

Helmut fährt herum, wirkt sichtlich verunsichert.

„Ja", antwortet er mehr mechanisch.

„Ist auch ein Bombenwetter. Nicht zu warm, nicht zu kalt."

Helmut nickt. Ist das nicht dieser Dieter vom Vorabend? Der vom Zirkus?

„Hab gedacht, ich mach einfach einen Spaziergang. Sie sind doch auch vom Hotel?" Dabei schielt der Ankömmling auf den Kameradisplay. Damit keine unangenehmen Fragen aufkommen, schaltet Helmut das Gerät einfach aus.

„Ja, bin ich." Verlegen lächelt Helmut. „Wir haben uns, glaub ich, im Essenssaal gesehen."

Nun nickt der Fremde. „Ja. Dieter Fahloben." Damit reicht dieser Helmut die Hand.

„Hargener, Helmut."

Der obligatorische Höflichkeitsfloskelaustausch stimmt Helmut ruhiger.

„Auf Urlaub?"

„Ja. Eine Woche. Und Sie?"

Fahloben senkt den Kopf und verzieht ein wenig das Gesicht. „Mehr ein unerwünschter Aufenthalt. Nennen wir's einmal Findung."

„Und was wollen Sie finden, falls die Frage erlaubt ist?"

Fahloben schaut Helmut durchdringend an.

„Uns vom Zirkus geht's nicht so gut." Er macht eine abwertende Handbewegung.

„Wir alle haben unter der Wirtschaftsflaute zu leiten."

„Das ist es nicht, nein. Eher der Wandel des Publikums, einschließlich den gehobenen Ansprüchen. Die Spaßgesellschaft schreit nach *Action*!"

„So ändern sich die Zeiten."

„Deshalb sind wir hier. Zwangspause, inklusive Brainstorming."

Glücklich sieht Fahloben nicht gerade aus. Doch wirkt er in seiner Hilflosigkeit sympathisch.

„In der Natur kommen einen die besseren Ideen, Herr Fahloben."

„Einfach Dieter. Wir sind kontaktfreudig."

„Okay." Beide lachen. Zwar nicht Helmuts Art, in den ersten Momenten einer Bekanntschaft gleich Brüderschaft zu schließen; doch warum nicht?

„Helmut, stimmt doch – oder? Also: Du scheinst dich hier ja auszukennen. Weißt du nicht einen Platz für uns?"

„Auskennen? Ich? Bin hier ebenso fremd, wie du."

„Oh, ich dachte … Na ja, hab dich hier schon gestern gesehen."

Langsam wird es Helmut doch mulmig.

„Dann schau mal", meint er und öffnet die Tür vom Verschlag. „Hab gestern den Kauz dort gefunden, und da er verletzt ist, hab ich versucht, ihn ein wenig Sicherheit und Nahrung zu verschaffen."

„Ein Sperlingskauz, vermute ich."

Anerkennend mit dem Kopf nickend, tritt Dieter einen Schritt näher.

„Respekt."

Ist das alles? Mit einem Mal bekommt Helmut Magengrimmen. Etwas missfällt ihm. Und zwar tierisch – sozusagen.

„Und was hat er?"

„Eine Flügelverletzung. Ich hab gestern den Kleinen gefunden."

„Kann der Vogel was?"

„Ich ... äh ... versteh' nicht ..."

„Kunststücke oder so?"

Daher weht also der Wind.

„Nein, Dieter. Wie gesagt, ich kenne ihn erst seit gestern."

„Und du gibst den Vogel einen Namen ..."

Helmut glaubt, seinen Ohren nicht zu hören.

„Woher ..."

„Keine Bange. Hab dich schon ein paar Minuten beobachtet. Nichts für ungut."

Die inneren Alarmglocken schrillen, dass es beinah schon weh tut! ‚Hat er mehr gesehen?'

Laut meint er nur: „Mir tat das Tier einfach leid. Und ja, ich hab ihr 'nen Namen gegeben." Dies klingt mehr nach einem gescholtenem Schuljungen, der etwas verzapft hat und sich rechtfertigen muss.

„Ihr habt doch selbst Tiere, oder?"

„Ein paar. Die Auflagen sind sehr hoch."

Helmut versteht.

„Kannst ja gerne mal vorbeikommen. Bist mein Gast."

Eine Abwechslung wär es garantiert, denkt Helmut und nimmt die Einladung an.

Beide sehen sie noch eine Weile Euphemia zu. Sie hat es wieder auf den Schemel mit dem warmen Nest geschafft. Müde blinzelt sie.

Den Heimweg gehen die beiden Männer gemeinsam. Helmut erzählt von seinem Job, die Auszeit von Kerstin. Den wahren Grund allerdings behält er tunlichst für sich.

Abends sitzt Helmut am Tisch der Zirkusleute. Es mündet darin, dass er gegen Mitternacht beschwipst ins Bett kommt. Das erste Mal hat er alles vergessen – sogar das Amulett und die zugehörige Fähigkeit des Fliegens.

IX.

Brummschädel am Morgen /
bringt Kummer und Sorgen!

Ein alter Spruch seines Großvaters, der Alkohol zeitlebens hasste. Um das Frühstück nicht zu verpassen, quält sich Helmut aus dem Bett. Im Anschluss will er es wieder aufsuchen. An vieles hat er Erinnerung. Sich nicht ganz sicher ist er nur über Einzelheiten. Noch einmal lauscht er in sich hinein. Dann geht er hinunter in den Essensraum. Speck, Würstchen, zwei hartgekochte Eier, ein wenig Brot bringen Helmut wieder auf Touren. Und selbstverständlich Kaffee. Ohne den beginnt kein Tag!

Zirkusleute sind schon eigenartig. In Verbindung mit Alkohol reden sie ununterbrochen. Und lustig war's auch. Dennoch gab

Helmut nichts preis, was ihn wirklich hierher führte. Ob es besser ist zu verschwinden? Käme das nicht einem Weglaufen gleich?

Gestaunt hat Helmut über deren Art von Problembewältigung. ‚Nun gut, wenn du nichts anderes tust, als Leute zu unterhalten, dann hat man einen ganz anderen, vermutlich sogar sehr weiten Horizont.' Leichte Arbeit, wie Helmut immer fand. Der letzte Abend lehrte ihn aber Anderes.

Aber zum Glück hat er selbst nicht über sein Geheimnis geplaudert. Nicht auszudenken! ‚Die spannen mich noch ein als Attraktion!'

Doch irgendwie hat der Gedanke auch etwas Reizvolles. Manegen Luft schmeckt nach Abenteuer. Damals, vor etlichen Jahren, war Helmut letztes Mal im Zirkus. Logenplatz! Helmut grinst. Besonders die Tiger haben es ihm angetan. Nah saß er in der zweiten Reihe, sog den Duft der majestätischen Tiere ein, die trotz Gefangenschaft einen Stolz ausstrahlten, der sie wiederum anfällig macht. Die Dressur zwang die Tiere das zu tun, was man erwartete. Der Zuschauer applaudiert. Denn es gehört viel dazu, den Wildkatzen Räson beizubringen. Und dem Mutigen gehört die händeklatschende Anerkennung.

Neben Helmut saß ein etwa Zehnjähriger. Neugierig betrachtete er einen sitzenden Tiger. Irgendwie schien das männliche Tier sich in seinem Revier behaupten zu müssen, oder der Junge machte etwas, was Helmut entging. Gerade in dem Moment sah Helmut seitlich hinüber. Und da passierte es. Der Tiger markierte mehrere Male hintereinander stoßweise das Gitter. Das Meiste jedoch ging vorbei. Der Junge konnte noch Deckung finden, doch sein Nachbar bekam einen gehörigen Schwall vom penetrant stinkenden Urin ab. Sogleich kamen Mitarbeiter mit Lappen und Eimer.

Bei dieser Erinnerung schmunzelt er immer wieder. Diese nichtalltäglichen Begebenheiten machen vieles leichter. Sind

Balsame für die Seele. Wie auch die zweite Hälfte des Zirkusbesuches werden sollte.

Ein Clown war auf der Suche nach einem helfenden Zuschauer. Der Zehnjährige lehnte ab. Dann fiel Helmut in den Blick des Clowns. Er legte seine Jacke ab und folgte in die Manege.

Mit dem Clown eigener traurig-anmutenden Mimik begann er mit Kong-Fu-Verrenkungen, die in einem lauten Ausruf endeten. Dann musste Helmut ran. Mit Zeichensprache wurde er dazu animiert. Und er legte los. Beine und Arme wedelten abwechselnd durch die Luft, bis er sich Sumo-Ringer-technisch aufstellte und ein aus tiefster Brust herausgepresstes „Aaahhh" brüllte. Aus dem Augenwinkel bemerkte Helmut, dass der Clown unter den Ausruf zusammen zuckte. Show? Das Publikum würdigte mit Beifall Helmuts Einsatz.

Der Clown bat zeichensprachlich um Aufmerksamkeit. Galant ließ er sich auf alle Viere fallen, um mit Liegestützen fortzufahren. Okay. Helmut war nicht immer sportlich. Doch damals ging es nur um Fun, und nicht um körperliche Kondition.

Er tat es dem Clown nach, plumpste in die Sägespäne und legte los. Erst eine, dann zwei, drei, vier … Ab der sechsten Liegestütze hörte er auf mitzuzählen. Getragen durch anerkennende Zurufe der Zuschauermenge leistete er mehr, als erwartet.

Im Mittelpunkt zu stehen, löst bei Helmut stets nur eines aus – den sogenannten Tunnelblick. Er nimmt seine Stimme als die eines Fremden wahr, und Bewegungen werden eckig und unkontrolliert. Genau das Richtige, für einen Ort wie diesen.

Neben Helmut lag der Clown seitlich, den Kopf auf den rechten Arm gestützt, und trommelte mit den Fingern der linken Hand. Will heißen: Hör auf!

Doch Tunnelblick und Adrenalinrausch ließen Helmut über sich hinauswachsen. Erst nachdem der Clown Helmut auf die

Schulter klopfte, reagierte er. Im Gesicht konnte Helmut des Gegenübers erkennen, was nun erwartet wurde. Also ließ er sich mit dem Gesicht direkt in den Staub der Holzspäne fallen.

Das Toben in den Rängen brachte ihn alsbald zurück in die Realität. So sehr sich Helmut auch anstrengte, war es nicht möglich, auch nur ein Gesicht in der Menge zu erkennen. Der Sprecher bedankte sich bei Helmut über die Lautsprecher, und unter anhaltenden Beifall erreichte er seinen Platz.

Es war die einzige Begebenheit in Helmuts Leben, in der er im Rampenlicht stand. Und das im Nachhinein zu genießen er in der Lage ist. Sicher – als Kind wollte auch er Rockstar oder so werden. Mit der Zeit allerdings, verblasste dieser Traumwunsch.

Erst heute denkt Helmut ein bisschen anders darüber. Sein Herz beginnt schneller zu schlagen. Nein! Dies ist nicht die seine Welt! Seine Welt ist …

‚Was ist eigentlich meine Welt?‘

Da ist er wieder, der Gedankenwulst!

Helmut steigt unter die Dusche. Wieder mal alles abwaschen! Das einzige, was ihn dann hilft – oberflächlich betrachtet.

Von den Zirkusmenschen keine Spur. Die liegen sicherlich noch in Abrahams Schoß. Helmut ist es Recht. So nimmt das Frühstück nicht mehr Zeit in Anspruch. Und er ist relativ spät dran. Euphemia ist garantiert hungrig. Ob sie überhaupt noch da ist?

Davon beflügelt verlässt Helmut wie Tags davor das Hotel; im Gepäck eine Kleinigkeit für die Freundin. Unbeabsichtigt sieht er prüfend nach hinten. *Beobachtet mich jemand?* Leidet er unter Verfolgungswahn? Objektiv betrachtet ein logischer Schluss. Jedoch ob es der Wahrheit entspricht, steht in den Sternen. Und die stehen nicht so gut für Helmut. Wenn schon dieser Dieter es als würdig erachtet, einen Fremden im Auge zu behalten, dann *Holla die Waldfee!*

Euphemia sitzt regungslos auf dem Schemel. Das inzwischen getrocknete Grün liegt am Boden. Daneben einige kleine Knochen von irgendwelchem Getier, was sie verschlungen hatte. Behutsam geht Helmut in den Schauer. Nur einen Spalt öffnet der Sperlingskauz die Augen, um sie sofort wieder zu schließen. Helmut legt das Mitgebrachte in Euphemias Nähe. Mit gebührendem Respekt lässt er das Tier in Ruhe. Sie wird es schaffen; da ist sich Helmut mehr als sicher.

Beim Verlassen des Unterstandes schließt er die Tür nicht vollständig. Der Tag verspricht schön zu werden. Keine Wolke am samtblauen Himmel. In großer Höhe ein Kondensstreifen eines Flugzeuges. Malerisch unreal wirkt das Bild fast wie ein Gemälde.

„Das ist eine Einladung, Helmut."

Der Gedanke im Kopf nimmt ihn in Besitz. Ein unwiderstehliches Verlangen lässt den Vierziger in die Lüfte emporsteigen. Leicht und behände führt sein Weg Richtung Horizont. Erlerntes graziös umsetzend, gewinnt er rasch an Höhe. Im Hinterkopf schwelgt die Furcht, gesehen zu werden. Umsichtig entschwindet Helmut dem normalen menschlichen Sichtbereich.

Über eintausend Meter mögen unter dem Fliegenden liegen. Ein bisschen zu sommerlich gekleidet, merkt Helmut fröstelnde Kühle. Doch je höher er fliegt, umso leichter fällt der Flug. Der Gravitation so ein Schnippchen schlagend, überquert er die Hügelkette. Vom Wind lässt er sich tragen. Somit schont er seine Ressourcen. Dennoch beginnt die Kälte, Arme und Beine stark auszukühlen.

Nach dreißig Minuten geht er tiefer. In den Fingerspitzen ist kaum noch Blut. Taub werden auch Füße und Knie. ‚Ich muss runter.'

Kaum dreihundert Meter tiefer, ist es angenehm lau. Im Gegensatz zu eben, regelrecht warm. So lässt sich's angenehm reisen. Erneut gewinnt das Hochgefühl die Oberhand. Aufpassen muss Helmut schon, damit nicht Leichtsinn sein Tun überflügelt. Er hat keine Lust, nochmals blessiert zu werden. Doch warum heraufbeschwören, wovor er sich fürchtet? Wird schon gut gehen!

Daran kann man sich gewöhnen! Es hat was! Von vielem. Ein Gefühl á la Card sozusagen. Selbst spirituelle Züge nimmt die Sache an. Eine Gourmeterfahrung. Der Schmaus für die Seele!

Leicht wie eine Feder schwebt Helmut dahin. Treibend auch die Imaginationen. Kein Traum kann schöner sein!

Jäh wird der Genuss Helmuts unterbrochen. Die Sinne geschärft, sichtet er weit voraus einen schwarzen Punkt. Gleich darauf verringert Helmut die Geschwindigkeit. Hinzu kommt ein nicht sofort erkennbares Geräusch. Erst bei näherem Lauschen schrillen die Alarmglocken. Motorgeräusche! Den Punkt anvisierend, will Helmut dessen Flugrichtung erkennen. Doch fehlender Fixpunkte wegen gelingt dies nicht. Getrieben von panischem Anfall vollzieht er die Kehrtwende unüberlegt. Geschwindigkeit erheischen wollend, beginnt ein unkontrollierter Sturzflug. Mit Armen und Beinen rudernd, stürzt er – wieder mal – in die Tiefe. Den Geräuschen nach kommt der Punkt näher. Noch schafft es Helmut nicht, den Punkt zu identifizieren; zu sehr ist er damit beschäftigt, Stabilität in die Bahn zu bekommen. Erschreckend weit kommt der Erdboden in Reichweite. Schon will ein verzweifelter Schrei die Kehle des Stürzenden verlassen, als eine Böe ihn erfasst. Aus der Senkrechten wird eine Horizontale, bis schließlich ein Aufwind Helmut abfängt.

Endlich kann er verschnaufen. Vom Geräusch ratternder Motoren hört er nicht viel. Vergebens sucht er danach. Alles ist friedlich und leer. Was von dieser Episode bleibt, ist ein fahler Nachgeschmack. In der kommenden Nacht wird Helmut einem

Alptraum anheimfallen. Darin fällt und fällt und fällt er. Ein unnatürlich starker Sog wird ihn erfassen, mit sich reißen. Er wird sich fühlen wie ein verdorrtes Blatt im Wind, ohne jegliche Chance. Doch wird Helmut sich niemals an diesen Traum erinnern können.

Wenn er ehrlich ist, bleibt mit der eben gemachten Erfahrung der Spaß auf der Strecke. *Die Blüte hat einen Knick.*

So schnell es möglich ist, landet Helmut. Schweiß rinnt über die Stirn. Den Schrecken tief in sich spürend, braucht er dringend Erholung. Doch wo ist er?

Das GPS sagt mehr als zweihundert Kilometer vom Unterstand entfernt. Zweihundert Kilometer! Wow! Stolz erwacht. Dafür brauchst du unter normalen Umständen mehr als zwei Stunden! Okay! Zweihundert! Wow-wow-wow-wow! Bewusst seiner Leistung schwellt die Brust an. Zweihundert! Der Hammer!

Hunger nagt. Flau noch im Magen, braucht er Stärkung. Unweit plätschert Wasser. Es gibt kaum nennenswerte Erhebungen im Gelände. Relativ flach und überschaubar. Mit einem *Na dann* auf den Lippen, stapft er los.

Außer einen Wasserlauf findet Helmut nichts Nennenswertes. Straßenlärm dringt heran. Aufhorchend strengt er die Sinne an. Tatsache! Ganz in der Nähe muss mindestens eine Landstraße sein. Mehrere Schritte weiter, und die letzten Büsche passiert, steht Helmut am Rand eines Fahrweges. Enttäuscht nimmt er Platz auf einem daliegenden Baumstamm. Soviel Natur weit ab der Zivilisation wird der Hunger immer stärker. Doch es nützt ja nichts!

Entschlossen geht Helmut am Rand der Straße entlang. Irgendwann würde ein Auto vorbeikommen. Mit etwas Glück geschieht es bald. Denn er fühlt sich schwach und ausgemergelt.

Eineinhalb Stunden danach ist Helmut gestärkt und bereit, den Heimflug anzutreten. Kaum fünf Minuten war er am Straßenrand unterwegs gewesen, da hielt ein Wagen, deren Fahrerin Helmut gerne bis zur nächsten Tankstelle mitnahm. Er erzählte ihr etwas von einer Wette, in der es darum ging, wer am Weitesten zu Fuß vorankam. Fast glaubte Helmut den eigenen Worten. In der Tankstelle, die sie gleich darauf erreichten, kaufte er zwei belegte Brötchen und Wasser.

Zu Fuß hat er eine respektable Entfernung zwischen sich und möglichen neugierigen Augen gebracht. Nun beginnt die Rückreise. Seitlich die Sonne, muss Helmut allerdings Gegenwind überwinden. Anstrengend, aber machbar. Sich voll konzentrierend, nutzt er Aufwinde, als hätte er nie etwas anderes getan.

Für Außenstehende wird es nie nachvollziehbar sein, was er leistet. Jedenfalls nicht mit reiner Muskelkraft und Können. Und jetzt wird es Helmut voll bewusst, niemals mit einem Menschen darüber reden zu können. Zu abstrakt, abstrus oder fantastisch würde es klingen. Als Lügner dastehen, dazu hat er keine Lust. Selbst Kerstin würde ihn als Träumer bezeichnen. Ach Kerstin!

Wehmütig hegt er liebevolle, zärtliche Gedanken. Ihm kommt es wie eine Ewigkeit vor. Dabei sind nur ein paar Tage vergangen. *Ob sie mich vermisst?* Die Stunden seitdem waren gespickt vom Geschehen, das Helmut nicht im Leben erwartet hat. Manchmal überwiegen eben Eindrücke.

‚Heut Abend werd ich dir schreiben, mein Schatz.'

Angespornt von erwachenden, sehnsüchtigen Gefühlen vergeht die Zeit spürbar rascher, und die Kilometer schrumpfen rapide.

X.

Der Sperlingskauz begrüßt Helmut aufgeregt. Dabei beide Flügel weit abspreizend, setzt Euphemia sichtlich an zum Start. Helmut ist verwirrt. Aus dem Instinkt heraus tritt er auf die Seite. Derweil verstärkt Euphemia die Anstrengungen, ihn – den Retter – nicht aus den Augen lassend.

„Was soll das werden?", flüstert Helmut. Aus Verwirrung wird ungewisse Ängstlichkeit. Schließlich ist es ein Wildvogel, und ein Raubtier obendrein! In seiner Not quetscht er sich hart gegen die Bretterwand. Abwehrend hebt er die Arme. ‚Bleib einfach weg von mir!‘, soll das heißen. Doch der Sperlingskauz schert sich nicht darum. Setzt an und gleitet im plumpen Flug herüber, direkt auf den lang ausgestreckten rechten Arm. Helmut hält den Atem an. Sicher – vor Tagen hielt er sie in Händen, doch da war sie auch verletzt! Doch jetzt …

„Du wirst mir doch nichts tun, oder?"

Zaghaft leis sind seine Worte, mehr ausgestoßen, als denn gesprochen. Es ist keine Antipathie, nein – es ist einfach nur *Schiss*!

Auf dem Arm, klettert sie etwas behäbig, dennoch gewandt hinauf. Aus treublickenden, weit geöffneten Augen glaubt Helmut so etwas wie Vertrautheit zu sehen. Nur schwer beruhigt er sich. Dabei das Tier nicht aus den Augen lassend, den Kopf jedoch dabei still haltend. Skurril mutet die Szene an. Das Herz schlägt bis in den Hals. Mittlerweile kommt Schritt um Schritt Euphemia noch näher an sein Gesicht heran. Den Kopf nach vorn reckend.

„Was … was hast … du vor …"

Ihm droht die Ohnmacht. Oder muss er einfach nur schreien? Davon rennen? Helmut blinzelt, als könne er auf diese Weise abwenden, was seine Fantasie bereits im Schnelldurchlauf beeindruckend realistisch mehrmals durchlebt. Puls und Atem rasend. Noch wenige Zentimeter, dann wird sie …

Helmut schließt verkrampft die Augen. Angst. Pure Angst!

Da! Was macht sie! Oh mein Gott! Nein!

Er hält den Atem an. Gefühlte Ewigkeiten. In Wahrheit – in Anbetracht seiner Erregtheit – vielleicht zehn, maximal zwölf Sekunden. Um nicht ins Koma zu fallen, nimmt er einen tiefen Atemzug. Und erst weitere Bange Augenblicke später wagt er zögernd einen Blick nach rechts. Gebannt starrt er auf den sehr nah vor ihm befindlichen Kopf.

Euphemia sitzt blinzelnd still und ruhig und entspannt auf der Schulter. Den Körper prall aufgeplustert, wirkt sie eher ausgestopft als lebendig. Bei näherer, überwindender Betrachtung ist ein Heben und Senken des Bauchbereiches erkennbar.

Sie will schmusen! Einfach nur schmusen!

Freude empfindend wird Helmut mutig. Wie am ersten Tag streicht er mit dem Finger über den Bauch. Und Euphemia lässt es zu. Sie scheint es sogar zu genießen! Man lernt eben nie aus! Wie wahr.

Trotz der entspannten Situation bleibt Helmut unbeweglich stehen. Jedenfalls bis die Füße einschlafen. Und das dauert nicht lang, weil er völlig verkrampft. Sei es, wie es ist: *Ich brauch Bewegung.*

So zart wie möglich greift Helmut dem Sperlingskauz unter die Beine. Sofort reagiert Euphemia mit überraschtem Blick und angelegten Gefieder.

„Ups. Sorry.", entfährt es ihn. „Komm einfach auf die Hand."

Nichts zu machen. Wie ein Fels in der Brandung bleibt der Vogel eisern sitzen. Okay. Also muss er mit ihr zusammen sich bewegen. Gesagt, getan.

Anfangs geht er leichten Fußes, nach dem Motto: Ja keine Erschütterung! Sie scheint daran Gefallen zu finden. Okay.

Draußen im Freien weht ein kühler Wind. Es riecht nach Regen. Hinter dem Unterstand schwebt dicht über den Boden eine

Nebelbank. Obwohl die Sonne bereits den Horizont überschritten hat, ist es noch relativ hell. Bald wird Zwielicht den Übergang in die Nacht schaffen. Auch Euphemia spürt die Dämmerung. Sie wird aktiv. Erst putzt sie die Federn; jede einzelne zieht Euphemia durch den Schnabel. Kratzt sich den Kopf. Putzt weiter. Irgendwelche Laute dringen zu beiden herüber. Kaum identifizierbar. Helmut nimmt des Waldes Gesang begierig auf. Nicht jeden Tag macht man solche Erfahrungen. Zu sehr entfernt vom Ursprünglichem, eingeschlossen in künstliche Welten.

Weit im Wald ruft ein Uhu. Ein Rascheln, gefolgt vom ausschwingenden Ast. Es knackt. Hinzu gesellt sich säuselnd der Wind.

Unbeschreibliche Ruhe strömt der Wald aus. Und dennoch voll von Lebend! Herrlich! Was würde Helmut dafür geben, mit den Augen Euphemias die Nacht zu sehen! Einfach den Blickwinkel neu ausrichten. Wach zu sein, für die Geheimnisse des Lebens. Des Seins schlechthin. Doch leider wird dies wohl immer ein Mysterium bleiben. Selbst wenn es ihn gelingen mochte, dahinter zu steigen, ist er doch Gefangener seines subjektiven Daseins. Wenn er noch mal auf die Welt kommt, dann als … Hm.

Die obligatorischen fünf Minuten sind vorbei.

Helmut beobachtet nun den Sperlingskauz auf der Schulter. Wie vorhin im Unterstand wippt sie mit dem Kopf.

„Dich zieht's heim, stimmt's?"

Kaum ausgesprochen, überfällt ihn Wehmut.

„Dann flieg schon, Euphi", flüstert er.

Der Vogel sieht Helmut mit klarem Blick an. Ein kurzer Laut verlässt ihre Kehle. Einen Wimpernschlag nur dauert alles, dann entschwindet sie Helmuts Augen.

Innerlich ist Helmut stark aufgewühlt. Die Begegnung mit Euphemia hat einiges ausgelöst. Gedanken beschreiten eine andere Richtung, als *reife* er gerade. Auch das ausgiebige Abendessen, was er allein einnimmt, kann ihm die Gedanken nicht nehmen. Und Antworten findet Helmut auch nicht.

Die Nacht über regnet es. Helmut liegt wach auf den Rücken. Lauscht den ans Fenster trommelnden Tropfen. Rhythmisch und beruhigend – aber nicht ausreichend genug, um einzuschlafen.

Am Tag darauf bleibt das Wetter durchwachsen. Mehrmals geht Helmut zum Unterstand. Dieser ist leer. Auch die vom Zirkus bleiben verschwunden. Wie kann das sein, sich in kurzer Zeit so an jemand zu gewöhnen?

,Ist es richtig, was ich tue? Oder ist es einfach nur eine Flucht? Das Amulett zeigte neue Wege auf. Doch muss ich sie auch einschlagen? Oder war ich einfach nur dankbar der unerwarteten und sehr verheißungsvollen Abwechslung?

Dies hieße ja, ich war unzufrieden … Möglich. Nicht jeder Tag kann so verlaufen, dass es ein guter Tag wird. Hm.'

Nein – es kann nicht sein, dass er das Amulett als Alibi hernimmt. ,Wo hab ich es nur …'

In sämtlichen Taschen sucht er danach. Findet es schließlich in der untersten Ecke des Rucksackes. Er nimmt das Kleinod in die Hand, fühlt das Material, welches seine Faszination nicht verloren hat. *Es ist ein Geschenk. Und Geschenke werden geehrt!*

Bisher tat er es jedenfalls. Bis die Sucht, des nicht alltäglichen, Besitz ergriffen hatte und er ihr anheimfiel. Was sagte der Alte damals noch? *„Möge die Erde dir leicht sein. Die wahre Bedeutung wirst du innerhalb der nächsten vierzig Tage kennen lernen. Du musst an dich glauben. Mache dich frei! Wer an die Münze glaubt, wird den Bann des alltäglichen durchbrechen, wird frei sein, wie ein Vogel.“*

So oder ähnlich glaubt Helmut die Worte im Ohr zu haben.

Der Alte nannte das Amulett Münze. Über Begriffe lässt sich streiten. Wenn es eine Münze ist, war sie irgendwann einmal ein Zahlungsmittel. Helmut hält sie näher an die Augen. Betrachtet eindringlich die Prägungen. Wendet das Stück. Auf der Rückseite – oder besser, was Helmut für die Rückseite hält – ist eine längliche Rille. Gefühlvoll streicht er darüber. Sie ist entweder eingeritzt oder geprägt.

Er könnte schwören, dass diese Rille nicht da war! Nicht einmal der Münzhändler und der Alte sprachen davon. Ist sie übersehen worden, ausgerechnet von drei Leuten? Eher unglaubwürdig. Okay, Helmut hat keine Ahnung davon.

Jeder Gedankenweg führt zu den mysteriös wirkenden Alten. Gibt es vielleicht doch Dinge, die nicht … erklärbar sind? Wenn jemand keine Ahnung hat, betrachtet dieser doch die Sache – unkonventionell …

„Irgendwo hab ich 'nen Denkfehler …"

Minutenlang starrt Helmut auf die Rille. Einer Eingebung folgend, misst er sie sogar. Beflissen notiert er Datum und Uhrzeit. Ob es ihm weiter hilft, steht nicht fest. Vielleicht verrennt er sich gerade. *Egal!* Besser etwas unternehmen, als Zweifeln nachzuhängen! *Jo!*

Das Amulett in der Hand schlummert Helmut ein.

Am zweiten Abend nach Euphemias Abflug gegen zwanzig Uhr wird das Wetter besser. Ungeduldig läuft Helmut auf die Wiese hinter dem Unterstand. Fast überhastet geht er in den Schwebeflug über. Die Stunden des Wartens sind vergessen. Nicht das er an Entzug litt, wenn dies überhaupt vergleichbar ist, doch das Kribbeln nimmt ehrlich gesagt unvorhersehbare Maße an. Dafür entschädigt der jetzige Flug Helmut besonders. Von der Erde aus betrachtet, fliegt er genau in den Sonnenuntergang. Jeder weiß, wie schwer es ist, länger Gegenlicht zu ertragen.

Helmut treibt dahin. Gewinnt mit froschartigen Bewegungen an Höhe. Zwei Minuten später erreicht er eine Wolke, die er mühelos überfliegt und in deren Schutz unsichtbar für andere vorankommt. Ziellos wird er eins mit der unteren Atmosphärenschicht. Spielerisch die Wolke durchstoßend, steigt er anschließend mit energiereicher Kraft gen Himmel. Verinnerlicht hat Helmut die Fliegerei schon lange; nun ist es an der Zeit, sich in ihr zu aalen.

Trotz Dunkelheit kehrt er nicht um. Die Wolkenoberseite strahlt das letzte Tageslicht ausreichend ab. Gereinigt vom Staub und Industriedämpfen, ist die Sicht ausgezeichnet und klar wie selten. Selten kann Helmut die Sterne so deutlich erkennen, wie gerade eben.

Auflockernde Bewölkung gibt den Blick frei. Anhand einer Vielzahl von Lichtern, die sternengleich der Finsternis trotzen, glaubt er, dass eine Stadt vor ihn liegt. Ein Hauch von Lichtsmog schimmert bis hinauf ans Firmament.

Warum nicht? Schau 'n wir mal!

Mit aufkommender Vorfreude im Herzen beschleunigt er. Um sich zu orientieren fliegt er ab und an unter den Wolken. Je näher die Stadt kommt, umso genauer sieht er hin. Ein geeigneter Landeplatz sollte eigentlich auffindbar sein.

Von seinem Standpunkt aus wirken die Häuser wenig einladend. Bis auf zehn Metern traut er sich heran. In den meisten Fenstern brennt Licht. Manchmal flackert es, wahrscheinlich Fernseher. Ist es Voyeurismus, der ihn verlocken will, näher heran zu fliegen? Kaum dem nachgebend, muss Helmut stark abbremsen und verliert an Höhe. Ein wenig verkalkuliert! In der Dunkelheit fällt eine Entfernungseinschätzung schwerer! Er schellt sich! Beschimpfungen wirken manchmal Wunder. Besonders bei Helmut!

Stärker sich konzentrierend, nimmt er eine andere Route. Auf einem Verwaltungsgebäude, dessen Dach flach und eben ist, landet er. Wohlbehalten angekommen, geht er an den Rand des Daches.

„Ziemlich hoch", stellt er fest. Gleichzeitig erfährt er wieder das Glücksgefühl des eben Geleisteten.

Einige Straßen weiter leuchtet bunte Reklame. Dort ist also mehr los! Noch überlegt Helmut, als er laute Geräusche hört. Er schnellt herum. Daran dachte er gar nicht! Man könnte ihn auch für einen Einbrecher halten! *Oh Mann!*

Schritte kommen näher. Langsam, gleichmäßig. Ein begleitendes Geräusch macht Helmut stutzig. Da fällt Licht auf die Person. Ein Mann in Uniform und einer Mütze auf den Kopf. Wo soll ich hin?

„'n Abend."

„Guten Abend", erwidert Helmut freundlich.

„Schöne Aussicht." Helmut nickt.

„Verlaufen?"

Helmut denkt nach.

„So ähnlich. Mir war nicht gut. Bin hier rauf gegangen, doch leider war dann die Tür zu. Pech."

Um seine Worte zu unterstreichen, zuckt Helmut mit den Schultern.

Der Security-Mensch nickt.

„Dann kommen Sie mal. Haben Sie aber Glück, dass ich vorbei komme."

Beide gehen sie ins Haus, nehmen den wartenden Fahrstuhl. Der in Uniform erzählt was von einem ersten Arbeitstag; noch niemals Nachtschicht gehabt; von beschissener Arbeitsplatzlage, und – und – und …

Unten angekommen öffnet der Wachmann sogar noch die Tür und lässt Helmut hinaus. Keine Frage wer er ist, wo er war und so weiter. Völlig untypisch! Helmut atmet tief durch.

XI.

Mehrere Straßen weiter erreicht Helmut die Einkaufspassage. Die bunte Menge von Einkaufswütigen und Bummlern verleihen dem Nachtleben ein gewisses Flair. Nach den Tagen im abgeschiedenen Hotel – eine durchaus willkommene Abwechslung. Gerüche von asiatischen Speisen mischen sich mit Pommes- und Bratwurstduft. Aus mehreren Boutiquen strömt blumig-herbes Bukett.

Zwischen all den Nachtaktiven sieht Helmut junge Mütter mit ihrem Kinderwagen. Schon fragt er sich, ob es gut ist, die Babys beim Shoppen mitzuschleppen. Doch es obliegt ihn nicht, darüber weiter zu sinnieren. Die werden schon wissen, was sie tun.

Weit weg vom Hauptstrom hockt ein Obdachloser. Die Kleidung verschlissen und verschmutzt, gibt er ein erbärmliches Bild ab. Nur wenige Münzen liegen im aufgestellten Napf. Dies könnte jedoch ebenso eine Masche sein. Man hört ja so einiges über solche Leute. Auch darüber will Helmut keine Gedanken verschwenden.

Stattdessen hält er auf den nächsten Wurststand zu. Der Hunger nagt. Ehe es Helmut schlecht wird, muss er wenigstens eine Kleinigkeit essen. Aus der Kleinigkeit werden vier gut durch gebratene dicke Bratwürste. Eben schiebt Helmut das letzte Stück in den Mund, als ein Gespräch ihn aufhorchen lässt.

Es handelt sich um ein Pärchen, das über einen Zirkusbesuch spricht. Nicht das Thema an sich erregt Helmuts Aufmerksamkeit, sondern der Name: MURIAL! Augenblicklich hat er Fahloben im Kopf.

Das Pärchen geht langsam an Helmut vorüber. Beide lachen vergnügt.

Was hatte Fahloben gesagt? *Niemand ist mehr zu begeistern!* In Gedanken versunken, fällt es Helmut sehr spät ein, die

Zwei zu fragen. Unterdessen sind sie verschwunden. Sich im Kreis drehend, schaut er sich um. Nichts! *Verdammt!*

Manchmal spricht das Innere mit einem, und du willst es nicht hören! Helmut wird wütend. Keine Ahnung, weshalb er diesen Zirkus – oder besser Fahloben? – unter allen Umständen sehen will. Und er ist auch nicht in der Lage, genau seine Beweggründe zu benennen. Was immer es ist - Helmut muss dorthin! Nur wie ihn jetzt finden? Doch halt! Wenn die *Menagerie* in der Nähe gastiert, dann müssen Plakate zu finden sein!

Er soll Recht behalten. Nach einer Weile aufmerksamen Suchens entdeckt er eine ganze Bretterwand davon. Helmut fragt einige Passanten nach dem Weg.

Siebenundachtzig Minuten sind seitdem vergangen. Endlich steht Helmut vor dem verträumt wirkenden Zelt des MURIAL. Bunte Lichter laden blinkend zum Verweilen ein. Vor dem Kassenzelt, das antik und verstaubt wirklich nicht den Zeichen der Zeit entspricht, steht ein Mann und raucht. Es scheint, als ob der auf jemand wartet. Schlank von Figur, nimmt er gerade einen Zug.

Helmut tritt näher. Vernimmt aus dem Inneren lautstarkes Gemurmel, gefolgt von gespannter Stille. Unwillkürlich hält Helmut den Atem an. Schuhe knirschen auf dem mit Feinsplitt geebneten Platz.

„Hallo Helmut."

Als sähe Helmut einen Geist, verzieht er die Miene.

„Erkennst mich wohl nicht?"

Die Stimme …

„Dieter ..?"

„Ja."

Fahloben bleibt stehen. Die Zigarette in der Hand spricht er weiter: „Wie wär's?" Mit dem Kopf Richtung Eingang deutend, scheint es Fahlobens Bekräftigung der einst ausgesprochenen Einladung zu sein.

„Ihr wart plötzlich verschwunden …"

„Hm", ist die einzige Antwort darauf. „Komm. Sie es dir an."

Dieter Fahloben geht vor. Zögernd folgt Helmut klopfenden Herzens. Kaum im Zelt, übermannt Helmut ein einzigartiges Gefühl, aus längst vergessener Zeit. Überwältigt von Erinnerungen, die sofort einsetzen, als Helmuts Nase den Manegen Duft einatmet. Etwa die Hälfte der Ränge ist besetzt. Dieter geht gezielt auf einen der vorderen Plätze zu. Eine Handbewegung später sitzt Helmut und nimmt alles in sich auf.

„Gehen wir nach der Show noch einen trinken?"

„Gern."

„Viel Spaß, Helmut."

Fahloben zwinkert ihm zu und verschwindet hinter dem Vorhang. Stimmen reden durcheinander. Jemand hustet. Die Musiker nehmen ihre Instrumente. Ein Lufthauch weht durch die Arena. Einer der Angestellten schließt den Eingang. Sekunden gehen dahin, ohne dass etwas passiert. Dann, in der abebbenden Phase der Vorfreude, erlöschen die Scheinwerfer, bis auf das Spotlight. Tosend setzt Musik ein.

Unter verhaltenem Applaus betritt die Direktorin die Manege. Freundlich und mit begeisternder Stimme begrüßt sie die Gäste. Dennoch reißt sie das Publikum nicht aus dessen Lethargie.

‚Wenn das die Spätvorstellung ist, dann gute Nacht …'

Eine Pferdedressur füllt die Manege aus. Im Kreis herumtrabend, galoppierend oder gehend vergehen die zehn Minuten des Programms sehr schleppend. Die überlaute Musik unterbricht jäh aufkommende Atmosphäre. Was ist nur aus dem alten Handwerk geworden …

Helmut sieht in die Zuschauergesichter. Müde Augen, nicht verstehend. Genau ihm gegenüber, in der mittleren Reihe, gewahrt er ein bekanntes Gesicht, so glaubt er. Im halbschattigen Ambiente nur schwer erkennbar. Aber – das kann nicht wahr sein!

Helmut blinzelt. Nachdem er die Augen neu justiert hat, wird besagtes Gesicht verdeckt. Scheinbar durchstöbert derjenige das Pragrammblatt.

Zwischen den Darbietungen kann Helmut ein Gähnen nicht unterdrücken. Als die Pferde die Manege verlassen, kommt ein Clown. Kaum Lacher, kaum Klatschen. Das Gähnen geht weiter. Im Anschluss kommt endlich Bewegung. Im Kreis bauen sie einen Käfig, unter ihnen Fahloben. Eine gewisse Vorfreude bringt Helmuts Aufmerksamkeit zurück. Das Licht wechselt vom krankenhausweiß ins warme rot-grün, mit einzelnen blauen Nuance-Punkten. Wie von Geisterhand hebt sich der Vorhang. Erneut tritt die Direktorin heraus und hält eine kurze Ansprache. Daraufhin öffnet Fahloben das Zugangsgitter. Mit peitschenden Hieben rennt ein leichtfüßiges Tier durch den Gang ins vergitterte Manegen Rund. Mehrmals muss Helmut hinschauen. Denn alles andere als ein Raubtier trabt wild und orientierungslos herein. Buhrufe. Erst vereinzelt, rasch anschwellend. Pfiffe gellen in den Ohren. Bei dem Tier handelt es sich um ein Alpacca. Der Größe nach ist es ein Jungtier.

Wie aus dem Nichts steht Fahloben bei dem verängstigten Tier. Schnalzend gibt er diesem Anweisungen. Gelächter. ‚Es ist absurd‘, denkt Helmut. ‚Einfach absurd!‘

Statt dem Treiben zu folgen, beobachtet Helmut lieber die Zuschauer weiter. Und wieder glaubt er, das Gesicht zu kennen, welches sekundenbruchteile vollkommen sichtbar ist. Laute Rufe bringen Helmut dazu, weiter Fahloben zu zusehen. Und erschrickt!

Neben dem Alpacca steht ein alter Löwe, mit zotteliger Mähne. „Was soll das denn?"

Aus den hinteren Rang ein Aufschrei. Wird das die Sensation, die Fahloben herbei sehnt?

Es ist ein abstruses, provozierendes Bild! Nichts für schwache Nerven! In diesen Moment gibt der Dompteur den Löwen Befehle. Das Alttier nimmt vom Alpacca kaum Notiz. Mehrmals springt er auf einem Schemel, bis er fauchend sitzen bleibt. Eine hübsche Assistentin bringt einen Reifen. Fahloben lässt das Königstier hindurchspringen. Während des dritten Sprunges entflammt der Reifen. Eine gespenstische Szene, da jetzt kein weiteres Licht die Manege erhellt. Gespannte Ruhe. Ein Spiel mit Emotionen! Fahloben bekommt noch einen Ring, der bereits brennt. Trommelwirbel setzt ein. Ein lauter Ruf treibt den Löwen zum Sprunge. Widerwillig folgend, springt er durch beide Reifen, kommt auf einem der Schemel auf. Die Musik setzt ein, Licht durchflutet die Manege. Schemenhaft sind Tiere und Dompteur in Bewegung. Laute, nicht definierbare Rufe Fahlobens geben dem Ganzen noch wirrere Züge. Als dann die Scheinwerfer wieder geordnet die Akteure beleuchten, traut Helmut nicht, was er gerade sieht. Das Alpacca-Junge steht auf den Löwenrücken. Tosender Applaus ist Ausdruck von Erleichterung. Fahloben trennt die Tiere, der Löwe verlässt unter riesigen Beifall die Manege.

In der Pause – sie scheinen die Hälfte der Vorstellung einzunehmen – stellt Fahloben Helmut einigen Artisten vor.

„Sie kommen als nächstes, Helmut. Und pass genau auf, wie die Drei die Lüfte erobern."

Helmut entgeht nicht der Unterton in Fahlobens Stimme.

„Dann hoffe ich nur, sie wissen, was sie tun", entgegnet er. Ein junges Mädchen lächelt Helmut zu.

„Das ist die Jüngste. Simone. Sie ist unser *Fliegendes Fräulein*. Und alles ohne Netz."

„Herr Fahloben? Bitte einen Moment."

„Ja, Frau Direktorin."

„Bin schon gespannt", meint Helmut. „Entschuldige. Wo find ich die Toilette?"

„Geh zum Hinterausgang, dann rechts."

„Bis gleich."

Eigentlich ist es nur ein Vorwand. Er braucht frische Luft. Helmut fühlt sich unwohl. Irgendwas stimmt nicht! Doch will er es wissen? Zielstrebig sucht Helmut die Toilette auf, die sich als Plastikbox herausstellt. Beißender Gestank nimmt dem Atem.

Für heute reicht's, stellt Helmut gedanklich fest. *Hab eh keine Lust mehr, auf das Spektakel ...*

Okay! Gebongt!

Er geht ein Stück weit. Drinnen ertönt Musik. Das ganze *Pipapo.* Oh-Rufe und Beifall bilden die abendliche Lärmkulisse. Schlenkernden Schrittes geht er bis zur Straße. Nächtlicher Abendwind frischt auf.

„Was hindert mich daran, einfach zu gehen?"

Eigenartig, etwas zu tun, was für einen selbstverständlich ist, irgendwie aber doch einer Erklärung bedarf. „Was soll's. Die Luftakrobatik noch und dann Ende! Ruckartig wendet Helmut sich dem Zirkus zu.

Drinnen herrscht gespannte Aufmerksamkeit. Alles schaut hinauf an den Zelthimmel. An der Schaukel hängen kopfunter die Männer, und das in der Mitte muss diese Simone sein. Wahrlich ein erhebender Anblick, mit welcher Sicherheit sie da oben wirken. Das Mädchen wirbelt von links nach rechts, bekommt die rettenden Hände zu fassen, hangelt sich am Körper empor. Enorme Kraft und Konzentration steckt dahinter. Die Zuschauer quittieren dies mit anerkennendem Applaus.

Trommelwirbel. Das Spotlicht wird auf Simone eingestellt. Ruhe. Helmuts Augen erfassen die Zuschauer, die gebannt nach oben schauen. Da! Das ist doch ...

Just in diesem Augenblick geht ein Stöhnen durchs Zelt. Helmut schaut empor. Simone hält sich krampfhaft am Arm ihres Kollegen fest, findet jedoch nicht ausreichend Halt. Rutscht. Das Seil schwingt unkontrolliert. Sie schreit hell auf. „Oh mein

Gott."

Ohne weiter nachzudenken, rennt Helmut los. Die Artistin nicht aus den Augen lassend, kommt er rasch voran. Etwa in der Mitte der Manege ist Helmut angelangt, da gleiten ihre Finger ab und sie fällt. Allgemeiner Aufschrei. Niemand achtet auf Helmut. Er setzt an zum Sprung. Reaktionsschnelles Handeln ist in Gefahrensituationen unabdinglich. Während die Menschen den Atem anhalten, wagt einer das Unmögliche. In acht Metern Höhe bekommt er Simone zu fassen. Trotz hartem Auftreffen beider, hält er das verängstigte Mädchen fest. Nach einer langen, weitausladenden Kurve setzen sie weich in der Manege auf.

Das Publikum springt von den Sitzen auf. Aus anfangs vereinzelten Zurufen, wird alsbald begeistertes Jubeln.

Im Hintergrund nimmt das Orchester, nach überstandenen Schrecksekunden, die Untermalung mit Musik wieder auf. Noch immer umschlingt Simone seinen Hals. An ihr ist die Szene nicht spurlos verschwunden; leichtes Zittern zeigt, wie tief der Schrecken sitzt. Beide sind in grelles Scheinwerferlicht getaucht. Keine Chance, weiter als zwei Meter zu sehen. Dann ertönt die Stimme der Zirkus-Chefin. Blumenhaft fasst sie zusammen, was dem Publikum soeben geboten worden ist. Erst viel später begreift Helmut, dass alle denken, es würde zum Programm gehören. Das alles geplant und minutiös ausgeführt worden ist. Ein Highlight eben.

Steif steht Helmut im Rampenlicht. Genau dort, wo er niemals hin wollte. Simone scheint eher zu begreifen. Galant lässt sie Helmut los, erfasst seine linke Hand und hebt sie empor. Dann verbeugt sie sich tief. Da der verdutzte Helmut immer noch nicht reagiert, legt sie ihn den Arm um die Schulter, haucht einen flüchtigen Kuss auf die Wange.

Überglücklich und nach außen hin den vermeintlichen Retter anhimmelnd, zieht Simone ihn hinter sich her. Vorm Vorhang verbeugt sie sich noch einmal, dann verschwinden beide.

„War 'ne reife Leistung, Helmut", empfängt ihn Fahloben. „War haarscharf."

„Keine Ursache …"

„Ich hab schon im Wald bemerkt, dass du etwas kannst, was – sagen wir – einmalig ist."

„Ach ja?" Das also ist es. Zudem sagen Augen oft mehr, als Worte. *Hätt ich doch nur …*

„Wie gesagt, du würdest gut zu uns – nicht, Simone? Und Romnia ist auch der Meinung."

„Rommia? Wer ist …"

„Unsere Chefin. Romnia", buchstabiert Fahloben. „Sie hat Zirkusblut und weis Menschen einzuschätzen. Da, da kommt sie ja."

„Hallo", begrüßt Romnia Helmut, der nun überhaupt nicht mehr durchblickt. „Gute Leistung. Wenn du willst, besprechen wir gleich alle Einzelheiten. – Dieter: Danke für den Tipp."

„Moment mal."

Helmut hebt beide Arme.

„Was geht hier vor? Ich versteh nicht …"

Die Direktorin wendet sich an Fahloben. „Hast du etwa nicht mit ihm gesprochen?"

„Bedauerlicherweise nicht."

„Und deshalb …" Romnia unterdrückt aufkeimende Wut. „Sofort zu mir in den Wagen, Herr Fahloben."

Damit scheint für die Chefin die Sache erledigt. Nur Helmut kommt alles nicht ganz koscher vor. Doch darüber zu spekulieren – nein! Fahlobens Blick, gespickt mit Anerkennung und verzweifelten Ärger, spricht Bände.

„Hast du gut gemacht", flüstert Simone ihn zu.

Kopfschüttelnd wendet Helmut sich um. Draußen im Freien saugt er die frische Nachtluft ein. Zu viel, es ist zu viel! Wer weiß, wie oft Helmut beobachtet wurde. Jetzt, am Scheideweg seines Lebens, muss ausgerechnet das passieren!

Weit ausladende Schritte bringen ihn bis zur Straße. Nur wenige Autos fahren vorbei. Und in einem erblickt er wieder das bekannte Gesicht.

„Der Alte ... der Alte aus dem Münzgeschäft!"

Überfordert hebt Helmut ab.

XII.

Wie klein doch der Mensch ist! Fast winzig! Besonders, wenn man sich am Fuße eines Gebirges befindet, deren Gipfel die zweitausend Meter überschreiten. Das Gestein, durch Millionen von Jahren geformt, wirkt erdrückend. Zahllose Bergsteiger bezwangen sie. Viele kehrten nicht mehr heim. Doch deren Anziehung bleibt bestehen. Kein Wunder, dass es Helmut hergezogen hat. Ein geeigneter Ort für eine Neuausrichtung.

Noch in der Nacht war er ins Hotel geflogen. Sofort packte er seine Sachen. Für zwei Stunden fand er Schlaf. Dann checkte er aus. Um nicht zu sehr aufzufallen, nahm er ein Taxi, das Helmut zum nächsten Bahnhof fuhr. Hier angekommen, wählte er den erstbesten Zug, der ihn dann hierher brachte.

Schon immer wollte er die großen Berge sehen. Nie hatte es geklappt. Zeitmangel war oft der Grund dafür. Und jetzt steht Helmut am Fuße der Schweizer Alpen.

Der gestrige Abend steckt tief in den Knochen. Wie weit mag dieser Fahloben Bescheid wissen? ‚Ich muss noch vorsichtiger sein.' Um die Auflagen zu erhöhen, ist den großen Boulevard-Blättern alles Recht, um eine vermeintlich gute Story zu bekommen. Vom privaten Fernsehen ganz zu schweigen.

Hier, so seine Hoffnung, entgeht er allen Widrigkeiten. Das Motel ist abgeschieden. Um diese Jahreszeit sind nur wenige

Besucher da. Als Selbst-Verpfleger gibt es keine Zusammen-
künfte. Helmut ist sein eigener Herr. Mehr zählt nicht.

Am Nachmittag macht er einen ersten größeren Erkundungsgang. Der Pfad führt direkt am Berg entlang. Das saftige Grün
der Bergwiesen hat er bald hinter sich gelassen. Geröllschutt,
vermutlich Überbleibsel der letzten Eiszeit, bietet das von nun
an beherrschende Bild. Soweit das Auge reicht, keine Menschenseele. Helmut schießt Bilder. Durch das Zwei-und-
vierziger-Zoom-Objektiv vergewissert er sich, dass es wirklich
so ist. Im Schatten des Gebirges hebt Helmut vorsichtig ab. So
gut es geht, benutzt er die Schatten als Deckung. Weiter oben
wird er etwas nachlässig; zu groß die Verlockung! Er schellt
sich ordentlich. Achtet akribisch darauf, dass dies nicht wieder
vorkommt. Unter angestrengter Konzentration gelingt es.

In ausreichender Höhe ist die Sicht frei. Helmut entdeckt eine
Schlucht, die breit genug ist, um darin zu fliegen. Bis es dunkel
wird, frönt er, weshalb er hier her kam. Pirouetten drehend geht
es ähnlich einer Achterbahnfahrt hinab, um kurz über den Erdboden den Himmel erneut zu erklimmen. Der *Aeronaut* blüht
auf. Vergessen vergangene Strapazen, vergessen ist der Zirkus.
Das ist vollkommene Freiheit!

Sein „Wow-wow-wow-wow" hallt von den Felswänden wi-
der. Aufgescheuchte Vögel verlassen aufgeschreckt das Gebiet.
Andere beäugen den Eindringling interessiert aus sicherer Entfernung. Höher und höher steigt Helmut. Im Taumel Adrenalin
getränkten Blutes erlebt er einen Himmelsrausch nach dem anderen. Das ist Leben! Den Wind im Haar nimmt er Geschwindigkeit auf durch stetes Auf und Ab.

Am nächsten Morgen steigert sich Helmut, indem er seine
Grenzen auslotet. Laut Positionsbestimmung ist er knapp vierzig Kilometer von einem Dreitausender entfernt. Diese Höhe
reizt. Leider verhindert an diesem Tag dichter Nebel und ein-
setzender Regen sein Vorhaben. Enttäuscht bleibt er im Motel.

Welch Wunder: Keine einzige Meldung über die Ereignisse im Zirkus im Internet. ‚Darüber brauche ich mir also keine Sorgen machen. – Schon komisch, oder? Lass mich mal nachdenken … Wenn Fahloben alles inszeniert hat, woher wollte er wissen, dass ich zurückkomme?'

Die Geschichte beginnt in Bahnen gelenkt zu werden, die Helmut nicht behagen. Was hat Fahloben damit bezweckt? Nur wegen einer Sensation im Zirkus? Was sind überhaupt seine Beweggründe? Hm.

Helmut gibt in der Internetsuchmaske Fahloben ein. Die Liste ist lang. Doch niemand mit Vornamen Dieter, und keine Verbindung zu Artisten beziehungsweise Zirkus. Einer Eingebung folgend, tippt er Romnia und Murial. Schon besser. Das Geschäft wurde in den neunzehnhundertzwanziger Jahren gegründet. Romnia ist somit die Urenkelin eines aus Rumänien stammenden Auswanderers, der damals in der Nähe Fuß fasste. Die Hauptattraktion war ein spektakulärer Feuerschlucker. Scheinbar – so erfährt Helmut – konnte er aus dem Nichts Feuer machen. Einmal schnippen, und die Flamme war da. Hm. Wer weiß, wie der das machte.

Interessanter findet Helmut einen Einrad-Künstler. In zehn Metern Höhe balancierte er; ohne Sicherung, ohne Netz. Anfang neunzehnhundertachtundzwanzig nahm er einem kleinen Burschen mit. Der Junge war so talentiert, dass er ohne Balancierstange übers Seil tanzte! Der Name des Jungen war nicht publiziert. Der des Artisten schon: Pfahlen. Leider findet Helmut kein Foto. Nur das Logo des alten MURIAL mit darunter versammelter Mannschaft. Sieben Personen zählt Helmut. In der Mitte musste der damalige Gründer sein. Eine Ähnlichkeit mit Romnia ist nur vage herstellbar.

Noch eine ganze Weile recherchiert Helmut. Leider gibt es keine Aufzeichnungen nach dem Krieg mehr. Erst im Jahr neunzehnhundertneunundneunzig gab es eine Randmeldung in einem Provinzblatt. Darin wird bekanntgegeben, dass dem Zirkus illegalen Tierbesitz vorwirft. ‚Sieh an, sieh an.' Im letzten Satz heißt es: *Dies bedeutet das Aus für den Zirkus und somit auch für die Darbietung des legendär gewordenen schwebenden Seiltänzers.* Also gibt es doch eine Verbindung!

Draußen wird es dunkel. Leichter Regen klopft ans Fenster. Kurzerhand schaltet Helmut das Tablet aus. Es reicht. Nunmehr möchte er sich aufs Kommende konzentrieren. Helmut nimmt das Smartphone zur Hand. Keine Nachricht von Kerstin. Hm. So lang anhaltendes Schweigen ist neu. *Soll ich ihr schreiben? Aber was?* Er bläst die Wangen auf und versinkt ins Grübeln.

Neuer Tag, neues Glück! Der Regen hat die Luft gereinigt. Euphorisch geht Helmut los. Mit dem gestern Abend beschlossenem Ziel im Gepäck, macht er sich auf. Eine halbe Stunde braucht er, bis er sicher ist, allein zu sein. Der Blick hoch ist weniger erdrückend, als gestern. Los geht's!

Nach vorn gebeugt entsteht das tragende Luftkissen. Kräftig stößt er sich ab, macht ein zwei *Schwimmzüge*, und erklimmt luftige Höhen. Helmut hat keine Eile. Allmählich kommt er vorwärts. Mit jedem Zug legt er einige Meter gleitend zurück. Heute ist ein Tag der Bedächtigkeit. Im Vordergrund liegt eindeutig das Flug-Erlebnis. Behutsam gleitet er dahin.

Unweit des Dreitausenders herrscht ungewohnte Bewegung. Eine Filmcrew des Schweizer Fernsehens ist mit dem Aufbau der Kameras beschäftigt. Weit ab von Touristenrouten und Wanderwegen wollen sie das Leben einheimischer Vogelarten dokumentieren. Das Hauptaugenmerk liegt dabei auf die Adler. Leben und Fortpflanzung sollen in einmaligen Sequenzen eingefangen und in HD aufgezeichnet werden. Hochgeschwindigkeitskameras werden jede Einzelheit des Fluges festhalten.

Lang haben sie darauf hin gearbeitet. Monate dauerte es, bis endlich alle Genehmigungen vorlagen.

Die Crew besteht aus zwei Kameraleuten, einen Tontechniker und dem Regisseur. Gioele und Chiara Wyss – das Geschwisterpaar arbeitet seit mehreren Jahren zusammen – teilen sich die Aufgaben, wobei Gioele den Hut auf hat und letztendlich Entscheidungen fällt. Flurin Hantner ist zuständig für den Ton, wobei im Grunde genommen Jeder jeden ersetzen kann. Das eingespielte Team vervollständigt Enea Widmer, zweiter Kameramann.

„Gioele, ich hab Windrauschen drauf."

„Kriegst du's weg?"

„Nichts zu machen. Die Störung scheint atmosphärischer Art."

„Versuchen wir es, Flurin. Im Studio haben wir mehr Möglichkeiten."

„Gut, dass das Wetter heut mitspielt", meint Chiara. „Wer weiß wie lange wir noch für die Einstellungen brauchen."

„Der Sender gibt uns noch zwei Wochen. Dann wollen die das Rohmaterial."

„Haben wir denn nicht schon einiges beisammen?"

Flurin kann die Laier nicht mehr hören. Ist doch immer das Gleiche!

„Wenn wir für den fertigen Film etwa vierzig Minuten haben, ist das viel. Nicht gerade abendfüllend."

Gioeles Worte lösen ein nachdenkliches Schweigen aus. Die Stimmung sinkt auf einen neuen Nullpunkt. Seit Tagen haben sie kein Glück. Entweder es regnete, oder kein einziges Tier zeigte sich. Ob es am heutigen Tag besser werden würde?

„Wie lange habt ihr noch zu tun?"

„Dreißig Minuten, Flurin."

Das reicht aus, um gemütlich eine Zigarette zu rauchen.

„Bist du bescheuert!" Gioele steht neben ihn. „Wenn uns jemand erwischt, können wir all das knicken." Wütend nimmt er Flurin die Schachtel ab.

„Aber wieso denn? Mann! Kein Schwein ist hier. Nur eine Einzige – Gioele …"

„Nein. Mein letztes Wort!"

Überall Gebüsch. Kann doch nichts passieren.

Raucher und Nichtraucher – immer das gleiche Spiel.

„Ich geh mal in den Busch."

Da kein Einwand kommt, entfernt sich Flurin.

„Der geht garantiert eine smoken." Chiara ist außer sich. Gerade hier in der freien Natur sollte der Mensch mehr Rücksicht nehmen. Schlimm genug, wenn es in den Städten nur so von Müll wimmelt. Auch ist der Waldboden ziemlich ausgetrocknet.

„Lass ihn, Schwesterherz. Der lernt es nie. Ist auch nicht meine Aufgabe."

Chiara schluckt und schweigt.

„Sagt mal" spricht Enea gedehnt, „seht ihr das auch?"

Sie folgen Eneas Blick.

„Wo ist das Fernglas?"

Gioele gibt es ihr. Eine Weile sieht sie stumm hindurch.

„Kamera startklar?", stößt Chiara hervor.

„In zehn Sekunden …"

Es geht sehr schnell. Während Gioele das Objektiv scharf stellt, übernimmt sie die Tonassistenz. Auch die zweite Kamera summt. Was der Sucher den beiden bietet, ist … ja was eigentlich?

Zuerst ist nur eine Silhouette zu sehen, deren Umriss an nichts Bekannten erinnert. Form, Gestalt und Bewegung stimmen mit nichts überein, was jemals veröffentlicht worden ist. Unbeholfen fliegt ein *Etwas* am Dreitausender empor. Manchmal sinkt es einfach um einige Meter in die Tiefe, dann hält es sich stabil.

Leider ist es dort nebelig.

„Siehst du den Bewegungsablauf?"

„Ja, seh ich, Gioele. Seltsam. Die Proportion stimmt mit nichts überein. Länglicher Körper. Dünne Flügel. Lange Beine."

„Flügel? Wart mal … – Das gibt's doch nicht …"

„Was …"

„Pscht …"

Da Chiara nichts sieht, versucht sie krampfhaft Laute zu empfangen. Doch auf dieser Distanz hin ein Unding.

„Das sind keine … Flügel. Eher wohl … Arme …"

„Bitte? Wie soll das denn gehen?"

Die Kameramänner haben zwei unterschiedliche Winkelpositionen zum Objekt, so dass sie beim Schnitt die gelungenste Einstellung verwenden können. Demzufolge erfasst jetzt auch jeder von ihnen andere Eindrücke.

Inzwischen kommt Flurin herbei geeilt. Die Aufregung seiner Kollegen hat ihn neugierig gemacht. Profi genug, setzt er sofort die Kopfhörer auf, nimmt mit flinken Fingern gewisse Einstellungen vor. Mit geschlossenen Augen findet er, was er sucht: Das müssen die Laute des Tieres sein. Nur – welches Tier … *schnauft*?!

„Denk dran, Gioele. Auch Hummeln können rein proportionstechnisch nicht fliegen." Enea lacht.

„Meinst, das ist 'ne Riesenhummel? So was in der Art wie prähistorisch?"

„Sollte das so sein, müssen wir uns was überlegen. Ich schlage vor: Chiara – du nimmst die Mini-DV-Kamera und gehst näher ran. Such wo es nur geht Deckung. Geh kein Risiko ein."

Alle sind damit einverstanden.

„Das wird *der* Hammer, Leute", murmelt Enea. „Mindestens den Pulitzerpreis kriegen wir dafür. Mindestens."

Sein Gedanke, eine längst ausgestorbene Tiergattung wieder

entdeckt zu haben, beflügelt ihn enorm, immer bessere Einstellungen zu erhaschen. Im Geiste nimmt er schon jetzt den Preis mit geschwollener Brust und breit grinsend entgegen.

Aufziehender Dunst lässt Helmut frösteln. Nur noch zwanzig Meter, dann würde er den Dreitausender überfliegen. Schon jetzt ist der Blick nach unten unbeschreiblich schön. Leicht und von Freude beschwingt erlebt er einen wahrhaftigen Höhenrausch. Daran hat er nicht gedacht, dass in der Höhe die Luft dünner wird. Also auch der Sauerstoff abnimmt. Die Freude droht Helmut übermütiger werden zu lassen. Mehrmals streift er um Haaresbreite am steil abfallenden Fels vorbei.

„Gleich geschafft."

Die Anstrengung verdoppelnd – die Arme weit vor streckend, um sie im Anschluss seitlich schmetterlingsartig anlegend und mit den Füßen kräftig nachtretend – erreicht er das Unglaubliche. Der Berg ist oben seitlich abgeflacht, fällt schätzungsweise vier Meter südlich ab und mündet in einem breiteren, tiefergelegenen Vorsprung. Der Flug kostet Helmut sehr viel Kraft. Obwohl ruhig und gelassen er es anging, reicht es fürs Erste wohl nur für den Hinflug.

Um Erholung zu finden, landet Helmut relativ sicher auf dem Vorsprung.

XIII.

„Es ist weg."

Enttäuscht nimmt es Enea zur Kenntnis. Sein Kollege runzelt die Stirn. Was auch immer *Es* ist, Gioele hofft inständig auf seine Schwester. Andernfalls bleibt nur die Auswertung des Bildmaterials. So müssen sich die Erforscher gefühlt haben, nachdem sie fremdes Land und andersartige Geschöpfe gefunden hatten. Klopfenden Herzens kann er kaum das Gesehene erfassen. Da das eigenartige Geschöpf in jeder Sekunde wieder auffliegen kann, getraut sich Gioele nicht, die Aufnahmen anzusehen. Dafür bleibt ausreichend Zeit am Abend.

Die Kameramänner beraten emsig das weitere Vorgehen. In diesem Moment wird eine ganz neue Mission geboren. Sie darf auf keinen Fall gefährdet werden. Alles müssen sie aufbringen, um sie zu erfüllen. Und wenn es Monate dauern sollte.

Gioele fasst den Plan, neben der Hand- eine weitere Kamera näher in Position zu bringen. Nach heftigen beratschlagen entscheidet Gioele sich für Eneas. Kaum beschlossen, macht sich dieser auf. Was sie brauchen sind einschlägige, unantastbare Beweise für die Existenz. Dafür muss die Art bestimmt, katalogisiert, untersucht werden. Dies könnte einen Sechser im Lotto bedeuten. Eine einmalige Chance. Sie will Gioele unbedingt nutzen. Denn daran hängen etliche Fördergelder.

Der Platz ist für ein Verweilen perfekt. Windgeschützt und totale Ruhe. Mehr möchte Helmut gar nicht. Innere Glücksgefühle halten den Vierzigjährigen auf ein hohes angespanntes Niveau. Er gönnt sich dennoch Minuten besinnlichen Geniesens. Was das Leben doch alles an Überraschungen parat hält! Allein dafür ist es richtig, nicht erklärbares einfach zu akzeptieren. Sind es Kräfte, die er bereits seit Geburt in sich trägt, und die erst jetzt – in einem gewissen Alter – zutage kommen? Ähnlich einer Krankheit? Helmut wischt den Gedanken heftig weg. Eine Krankheit ist dies garantiert nicht! Also eindeutig das Amulett. Seitdem er es in Besitz hat, kann er fliegen. Da taucht aber schon die nächste Frage auf: Welche *Macht* steckt dahinter? Woher stammt *sie*? Warum wurde es erschaffen?

Gedankenverloren holt Helmut das Amulett hervor.

SIT TIBI TERRA LEVIS. Und XL.

„Vierzig Tage", sagte damals der Alte. „Vierzig Tage Zeit." XL konnte für die Zahl 40 stehen. Ein Alchimist hat sie mal geprägt, erinnert sich Helmut. Da fällt sein Augenmerk auf die erst vor kurzem entdeckte Rille. Merkwürdig. Sie ist – größer geworden. Schwungvoll nimmt die Kerbe den gesamten rechten Rand ein, zweigt oben ab. Auf der linken Seite, jedoch asymmetrisch zum Gegenüber, eine ähnliche, kaum erkennbare Linie. Eine Gravur, kommt es Helmut in den Sinn.

„Dich wird ich im Auge behalten."

Am Horizont kommen mehrere dunkle, ziemlich hochreichende Wolken näher. Seitlich hängen Wolkenbänke herab, die mehr und mehr die Sonne verdecken. *Zeit, die Segel zu streichen*. Kräftig im Sprung überwindet Helmut die Starthürde. Mehr denn je braucht er dafür mehr Kraft; sei es der Höhe wegen, oder der konditionellen Schwäche. In fünf Metern Abstand zum Fels geht er in den Sturzflug, um die Schwerkraft ein Schnippchen zu schlagen.

Enea kann gerade noch rechtzeitig die Kamera schultern. Der gebürtige Schweiz Italiener stellt manuell die Schärfe nach. Geübt im filmischen verfolgen, ist es sehr schwer, das Objekt richtig einzufangen. Oft ist das Bild unscharf, verwackelt, oder er verliert es kurzzeitig. Etwa eine Minute zehn hat er bisher auf Disc bannen können. Dann ist das Objekt, geschuldet des unpassenden Standortes, spurlos verschwunden.

Mehr Glück dagegen hat Chiara. Behände gelingt ihr mit flexibler Kameraführung scheinbar Unmögliches. Doch auch sie muss sich alsbald geschlagen geben. Sie vertraut auf Gioeles Erfahrung. Ansonsten bleibt ihr nur der Rückmarsch.

Einige Wolken muss Helmut durchfliegen, will er dem drohenden Unwetter entgehen. Winzig kleine Eiskristalle sind wie Nadelstiche auf der Haut. Er muss sich sputen. Gerade rechtzeitig betritt Helmut sein Motel Zimmer, als der Sturm hinwegzieht. Strömender Regen setzt ein. Wär er noch oben, würden die Winde ihn mächtig mitspielen. Er wäre wie ein Blatt im Wind. Helmut atmet durch.

Unter der Dusche lässt Helmut die letzten Eindrücke noch einmal Revue passieren. Ein sagenhaftes Privileg wurde ihm zuteil. Ob es noch mehrere gibt, die fliegen können? Diesbezüglich war noch nie etwas bekannt geworden.

Helmut trocknet tupfend die nasse Haut. Erfrischt setzt er sich vor dem Fernseher. Nebenher nimmt er noch den Tablet Computer. Es will ihm einfach nicht aus dem Kopf gehen. Mehrere Versuche schlagen fehl. „So geht das schon mal nicht."

Gefrustet will er das Teil schon ausschalten, da fällt im Werbebanner Helmut eine Film Sequenz auf. Ein Klick und wenige Sekunden später erscheint ein displayausfüllendes Fenster.

Eine männliche Stimme ist zu hören. Die Aufnahmen verwackelt und unprofessionell zusammen geschnitten. In dem Video ist von einem noch nicht bekannten Tier die Rede. Wobei das Wort Tier nicht fällt. Eher ist die Rede von einem *Etwas*, *Es* oder *Wesen*. Am Ende des Clips wird der Hinweis eingeblendet, dass dies Bestandteil einer Tier Doku des Schweizer Fernsehens sein wird.

Die Ausschnitte sind meist unscharf und detaillos. Wie Schatten. Helmut lässt den Videoclip mehrmals abspielen. Leider ist auf dem Tablet keine Videobearbeitungssoftware installiert.

Dafür braucht er auch der Einfachheit halber mindestens einen Laptop.

Die integrierte Lupe verpixelt das Material endgültig. Helmut recherchiert weiter. Und siehe da, er findet ein Video in besserer Qualität, wenn auch stark verwackelt. Gebannt schaut er es an. Einmal, zweimal, zehnmal. Unwillkürlich zieht er den Kopf zwischen die Schulterblätter. Ist das nicht – *ER*?! Verdutzt über diese Logik verschränkt Helmut die Arme vor der Brust, lehnt sich angespannt zurück.

„Das … bin ich …"

Aus dem Winkel heraus ist unschwer der Flug Stil erkennbar. „Klar, Mann – das bin ich", entgleitet es ihm lauter als beabsichtigt. Sofort sich umblickend und die Hand vor dem Mund haltend, sinkt er zusammen.

Unfassbar!

Die Luft will ihm wegbleiben.

„Ich brauch … frische Luft … Raus hier …"

Die Hand auf der Türklinke bereits liegend, fällt Helmut auf, dass er nichts weiter an hat. Außerdem meldet sich das Gewitter zu Wort.

„Langsam – ganz langsam …"

Nur die Ruhe bewahren, damit er keinen Herzkasper bekommt! Aufgeregt und mit angeschwollener Halsschlagader geht er schwankend zurück zum Bett. Langmachen! Das soll beruhigend wirken.

„Das gibt es nicht! Das. Gibt. Es. Nicht. – N E I N!"

Aggressiv bewegt er den Kopf von links nach rechts, von rechts nach links. Immer hin und her.

„Komm runter, Junge!"

Die Hand zur Faust geballt, könnte er in seiner Rage alles kurz und klein schlagen. Ohne es verhindern zu können, trifft er den Oberschenkel. Aufgeputscht spürt er keinerlei Schmerz. Aber einen tüchtig blauen Fleck wird es morgen wohl geben.

Das Zimmer beginnt zu schwanken. Dann dreht es sich um Helmut als Achse. Schnell ist kein Ausdruck. Rasant – kommt dem ebenfalls nicht nahe genug. Vom Magen drängt Säure herauf. Mit geschlossenen Augen würgt Helmut sie und Speichel hinunter. Doch der Druck wird stärker. Öffnet er die Augen, wirbelt die Welt nur um ihn herum. Er verliert den Halt!

Schweißgebadet ergreift seine, mittlerweile extrem zitternde, Hand die Flasche Sprudel am Bettrand. Die Flüssigkeit spült den meisten Druck runter. Schlussendlich verschwinden Schwindel und Übelkeit.

Das Sprudelwasser belebt Körper und Geist. Wenigstens zehn Minuten verharrt er so, bis er es wagt, aus dem Bett zu steigen. Bedächtig einen Fuß vor den Anderen setzend, gewinnt er an Sicherheit. Gestärkt spritzt er kaltes Wasser ins Gesicht.

„*Boah*."

Noch einige Schlucke vom Leitungswasser, dann geht es wieder. Helmuts Innenleben dagegen schreit weiter. Aufkommende Übelkeit lässt noch einmal den Gebeutelten würgen. Kurzerhand schließt Helmut die Tür, und übergibt überschüssige, aufgeschäumte Magensäure der Toilette …

Unwetter in den Bergen sind meist heftig. Bis in den späten Abend hinein donnert und blitzt es. Inzwischen geht es Helmut besser, wenn auch ein beklemmend fauler Geschmack im Mund bleibt. Von klaren Gedanken fassen, kann absolut keine Rede sein. Für die Ergüsse und Neuigkeiten der medialen Welt hat er weder Nerv noch Kraft. So löscht er das Licht.

Gestört wird die Ruhe mehrfach vom tiefen Grollen des Gewitters. Die Aufregung setzt sich im Schlaf ungezügelt fort. Geschüttelt durch den Alptraum erwacht Helmut mehrmals. Erst gegen vier Uhr überfällt ihn tiefer, erholender Schlaf.

Der Morgen danach.

Wirres Haar. Zerknautschtes Gesicht. Tiefe dunkle Augenringe. Ein Resultat wie nach durchzechter Nacht. Sein fahlgraues Gesicht lässt ihn erschüttert erschauern.

„Mann, fühl ich mich wie ausgekotzt …"

Wahre Worte.

Durch Dusche, heißem Kaffee und ein anständiges Frühstück geht's ihm bald besser. So gewappnet kann der Tag beginnen.

Ob aus Furcht oder reine Neugierde – Helmut muss einfach noch einmal diese Videos anschauen. Sich der Sache stellen, ist die wohl einzige Methode der Verarbeitung und Überwindung. Rasch findet er das Gesuchte.

„Oh mein Gott", entfährt es ihm.

Eindeutig der *Froschstil*, wie er es nennt.

„Sieht das bekloppt aus …"

Wie ein liegender Hampelmann! Beschämend, also wirklich! Erleichtert stellt Helmut fest, wie der Humor zurückkehrt. „Wenn das jemand sieht. Ich weiß nicht …"

Je länger die Bilder laufen, umso mehr muss er lachen.

„Ich sollte meine Haltungsnote spezifizieren."

Bis jetzt hat er immer nur das getan, wie ihm gerade zumute war. „Das muss anders werden, mein lieber Helmut."

Aus Fehlern wird man klug /
drum ist einer nicht genug!

Ein irgendwann mal aufgeschnappter Spruch, der aber mehr als zutrifft. *Typisch ich!* Schlimm genug, dass Kerstin seinen Worten keinen Glauben schenkte. Stur, wie er sein kann, verschanzte er sich dann noch hinter einer Ich-mach-was-ich-will-Fassade. Wird auch noch beobachtet dabei. Und jetzt noch gefilmt. Klasse! Zu-ga-be! Sich im Fernsehen zu sehen, dafür wurden die laufenden Bilder wirklich nicht erfunden. Dabei kann sich Helmut nicht auf Fotos ersehen! *Bäh!*

Er schmunzelt.

Aber im Ernst. Was kann getan werden, damit nichts eskaliert? ‚Wie dem auch ist: Ich muss handeln. Überlegt und bedacht.'

Welchen Sinn hat das Fliegen eigentlich? Besteht es nicht hauptsächlich in der Befriedigung des eigenen Spaßfaktors? Was passiert, wenn es publik gemacht wird? *Auf dem besten Weg dahin sind wir ja.* Was geschieht bei einer Enttarnung? Er würde berühmt werden. Man würde ihn bestaunen, begaffen, befragen und vielleicht steuern. Und es gäbe zahlreiche Nachahmer sowie Neider. Soll es oder besser darf es soweit kommen, dass Schlagzeilen sein Leben zukünftig maßgeblich bestimmen? Als Gejagter durchs Leben zu hetzen, ist nicht erstrebenswert, denn Jäger sind all zu oft erbarmungslos.

Plötzlich ist seine, ihm in dieser Angelegenheit eigene, Unbedarftheit dahin. Demaskiert vor dem eigenen Ich. Einfach zum Weglaufen. Wegfliegen?

Helmut weiß im Moment nicht weiter. Festgefahren. Als Außenseiter abgestempelt zu werden, erregt nicht gerade erfreuliche Ambitionen.

„Ich muss meinen Focus erweitern."

Engstirnig war Helmut eigentlich nie. Eigentlich! Nur manchmal. Oder doch manchmal mehr, als nur ein bisschen? Jedenfalls kann nur eine Lösung gefunden werden, wenn danach gesucht wird. Mag er suchen? Ja! Nein – er will, muss, soll, darf. Wie auch immer.

Seine nächsten Schritte will Helmut gut durchdenken. *Dies dauert bestimmt* – er schaut auf die Uhr – *bis Mittag*. Auf alle Fälle wird es ein heißer Gedankenhindernislauf werden bis dahin.

XIV.

Dichter Nebel schwadroniert ums Gelände, schmiegt sich eng an den Fels. Der Gipfel ist nicht erkennbar. Nach dem starken Gewitter, dessen Entladungen mehrmals ganz in der Nähe einschlugen, herrscht tristes Grau. Feuchtigkeit durchschwängert die Atmosphäre. Anhaltende Nässe kriecht bis in die Knochen.

Das Zelt bietet nur scheinbaren Schutz. Obwohl gut trainiert friert die Crew. Gioele hat bereits seit den frühen Morgenstunden versucht, Feuer zu machen. Gelungen ist es jedoch erst vor einer halben Stunde. Demzufolge kein Wunder, das im Augenblick die Vier einen Kreis um das knisternd wärmende Lagerfeuer bilden. Mit dem Schlafsack um die Schulter, steht Chiara ganz dicht an die züngelnden Flammen. Gierig fressen sie sich ins feuchte Holz. Qualm steigt auf. Aber es ist warm.

„Was machen wir?"

Der Teamchef überlegt.

„Heute wird es kaum aufziehen."

„Scheiße", wirft Chiara ein. „Der einzig treffende Ausdruck."

„Ist schon ok. Eine heiße Dusche wär mir jetzt lieber."

„Ihr Männer friert doch nicht so sehr, Flurin, oder?"

„In der Regel geb' ich dir Recht. Nur – die ganze Nacht umgeben von Feuchtigkeit? Nichts für meines Vaters Sohn."

Alle stimmen in Flurins Lachen ein.

„Also wird's wohl nichts damit …"

„Mit was, Chiara?"

„Na, mit dem Wärmen …"

Nicht ganz verstehend macht Flurin ein sehr verdutztes Gesicht. „Mit dem …"

Statt einer Antwort erntet der Kameramann nur ein schelmisch zweideutiges Grinsen. Dann begreifen auch seine etwas aufgeweichten Gehirnzellen.

„Ach so …", verlegen und mit errötendem Teint kommt er ins

Stottern.

„Is Spaß, Flu. Aber irgendwie …"

„Ja …?

Chiara atmet hörbar ein. „Wär doch auch schön. Schließlich sind wir ein Team, und für alle verantwortlich – oder?"

Seit dem letzten Dreh macht sie ihn ständig versteckte Avancen. Doch so direkt?

„Setz dich einfach näher ans Feuer."

Für ihn ist damit dieses Thema durch. Flurin mag einfach nicht. Die letzte Beziehung war eine Beziehung zu viel. Ständig denkt er noch an seine Verflossene. Und Chiara will er da nicht mit hineinziehen, in den Strudel herumirrender Gefühle.

„Nehmen wir uns doch die Aufnahmen vor." Gioele kennt sein Schwesterherz gut. Bekommt sie nicht, was sie will, kann sie unausstehlich werden. Schließlich sind sie hier, um zu arbeiten. Gegen einen Flirt hat Gioele rein gar nichts, solange die Crew nicht darunter leitet.

„Also los", entschärft Enea die angespannte Situation. „An die Arbeit."

Auf dem Bildschirm des Ultrabooks erscheinen die übertragenen Bilder. Darin geübt währt es nicht lang, bis Gioele die aussagekräftigsten Szenen aneinandergereiht hat. Trotz HD-Auflösung ist nur schemenhaft das Tier – stillschweigend hat sich die Crew auf dieses Synonym geeinigt – erkennbar. Schleier in der Atmosphäre verhinderten jedoch klare Bilder.

„Wir hätten Filter nehmen sollen."

„Dafür war keine Zeit, Flurin."

In Hektik zu verfallen ist nicht gerade professionell!

„Nützt alles nichts. Das hier", Chiara tippt mit dem Finger aufs Display, „ist eher was für Verschwörungstheoretiker."

„Da kannst du Recht haben."

„Ich habe Recht, Enea. Oder willst das verwenden? Die Bosse werden dir was husten."

„Wir werden es im Studio von Lia bearbeiten lassen, Chiara. Dann sehn wir weiter! Bis dahin müssen wir uns einen Plan ausdenken, wie wir bessere Aufnahmen bekommen."

„Hoch kommen wir nicht. Jedenfalls nicht ohne Bergführer."

Flurin kramt eine Karte vom Berg hervor. „Ich seh für uns keine Chance, weiter voranzukommen bis", er sucht den Punkt, „bis hier. Dabei handelt es sich um ein plateauartiges Areal. Wie die Sicht aufwärts ist, müssen wir sehen."

„Gute Idee. Einen Hubschrauber wird man uns nicht zugestehen. Zu kostspielig, zu aufwändig, nicht kompatibel zum Grundsatz der Produktion."

„Beweisen kann man es nur, wenn es klar und deutlich zu sehen ist."

„Richtig. Dann geben die uns alles, was wir brauchen."

„Und wenn es nur eine optische Täuschung war?" Chiaras Einwurf lässt die Runde verstummen.

„Dagegen sprechen eindeutig die Bewegungsabläufe."

„Die mehr als plump sind, musst du zugeben. Nicht ein einziges Lebewesen auf den Globus ist derartig unterwegs."

„Kein Bekanntes."

„Oh! Fang nicht wieder an, Enea." Genervt hebt Chiara automatisch die Stimme an. „Das kann alles sein. Bis hin zur Mutation."

„Kann auch künstlichen Ursprungs …"

„Außerirdisch?"

„Nein", lacht Enea. „Nicht alles was künstlich ist, kommt von wo anders her. Irgendein neuer Flugkörper. Vielleicht mit künstlicher Intelligenz. So was in der Richtung."

„Hört mal", wirft Gioele ein. „Wir verspekulieren uns zu sehr. Fakt ist doch eins: Wir vier haben es gesehen. Und wir sind uns einig, dass es da oben war. Richtig?"

Allgemeines zustimmendes Nicken.

„Gut. Weitere Vorschläge?"

Schweigen. „Essen wir erst mal was."

Während sie Kaffee ansetzen und weitere Vorbereitungen treffen, geht Flurin unbemerkt ins Zelt. Neben dem Schlafsack hat er seine Sachen in einer wasserdichten Kiste verstaut. Er holt seinen Laptop heraus und geht ins Internet. Schnell angemeldet, durchsucht er die gestern ins Netz gesetzten *postings* nach eventuellen Antworten. Tatsächlich haben mehr als fünfzig geantwortet.

Die meisten davon tun es als Fake ab. Einer jedoch sticht Flurin ins Auge. Unter dem Kürzel D.F. hat er nur diese Worte gepostet:

„Ich weiß, wer das ist."

Darunter die Emailadresse.

Ohne weiter darüber nachzudenken, klickt Flurin den Link an und antwortet.

„Fürst du Tagebuch?"

Der in Gedanken versunkene Flurin zuckt herum. Hinter ihm hat Gioele das Zelt betreten.

„Mache nur ein paar Notizen", antwortet er zögernd.

„Ok."

„Und ich dachte … ich finde was im Netz … über …"

„Ok. Und?"

Ausgesprochen nervös wirkt der Überraschte auf Gioele. Deswegen hakt er nach: „Hast du was entdeckt? Manchmal ist man ja blind, sieht nicht das Wesentliche."

„Nein. Hab ja grad angefangen."

„Ok. Darf ich es sehen?"

Mehr als unangenehm empfindet Flurin die Situation. Was, wenn Gioele rausbekommt, was er getan hat? Scherereien pur wird es geben. Ein Krawall ohnegleichen.

„Na zeig her …"

In reiner Verzweiflung klappt Flurin den Laptop einfach zu. Sehr zum Missfallen Gioeles.

„Was hast du getan …" Einer dunkle Ahnung folgend, versucht sich Gioele zu beherrschen.

„Lass es mich dir erklären."

„Bist du denn völlig bescheuert!", tönt es lautstark vom Zelt herüber. Gerade ist der Kaffee fertig.

„Weißt du, was du da vielleicht auslöst?!"

„Es ist doch harmlos."

„Harmlos? Du spinnst, Flurin! Definitiv!"

„Aber es ist was Besonderes …"

„Das Besondere daran ist nur, dass du dich über mich hinweg gesetzt hast."

„Ach ja? Der Boss Wyss! Was anderes kannst du ja nicht."

„Wir. Sind. Ein. Team!"

„Nach deinen Worten nicht. Da entscheidest du!"

„Ich bin der Teamchef. Ja. Wenn du Probleme damit hast, wende dich an den Sender. Und nun zeig mir gefälligst, was du getan hast!" Die Aufforderung, mehr geschrien als gesagt, kommt Flurin nur zögerlich nach.

Fassungslos betrachtet Gioele die Site.

Bevor der Teamchef richtig Ärger ablassen kann, zeigt ihm Flurin die einzige verwendbare Antwort.

„Hier steht es, dass jemand weiß, WER es ist."

„Und?"

„Nicht etwa WAS es ist. Nein. WER!"

Gioele muss nun auch zugeben, wie verworren alles wird. Doch es nutzt nichts. Hier ist Handlungsbedarf angesagt.

„Lösch dein *posting*. Ohne Widerrede. Nimm von mir aus mit … mit wem auch immer Kontakt auf. Mir egal. Aber lösch das. Besonders das Video!"

Flurin lässt den Kopf hängen. Er hat es gewusst. Deshalb tat er es ja heimlich.

„Gioele …"

„Flurin! Tu es. Bitte. – Weiter kann ich dir nicht entgegenkommen." Damit ist die Unterhaltung beendet und alles in dieser Angelegenheit ausgesprochen.

XV.

Bis in den Nachmittag hinein dauert es, ehe Helmut alles beisammen hat, was er für sein Vorhaben braucht. Zahlreiche Kleinteile aus Plastik zieren die Einkaufstüten. Alles in allem ein erfolgreicher Einkauf. Das überstandene Hickhack der letzten Stunden ist überwunden. Golden lockt Helmuts Zukunft. Es geht aufwärts.

Innerlicher Jubel beflügelt ihn im wahrsten Sinne des Wortes. Bald schon kräht kein Hahn danach, was gerade am Himmel schwebt. Ein Blick und alle wissen es, ohne weiter darüber zu sprechen. Somit entgeht er unnützen Fragen, und brüskierende Meldungen im Netz gehören der Vergangenheit an.

Neue Freiheit, die ich wollt /
wiegt mehr, als ein Sack voller Gold.

Beschwingt macht er sich an die Arbeit. Während des Gehirnjoggings am Vormittag malte und zeichnete er. Daraus entstand was jetzt zusammengesetzt wird.

Im Ort unterhalb des Motels ist er fündig geworden. Aus verschiedenen Läden kaufte er Zubehörteile, die im Endergebnis völlig entfremdet werden. Niemand wird jemals auf den Gedanken kommen, was Helmut damit vorhat.

Einiges an Nacharbeit wird es geben müssen; nicht alles ist passend von Grund auf. Doch der Optimist Helmut Hargener ist in seinem Element.

Fleißig und ohne Pause baut und klebt, schraubt und näht er. Genau wissend, was er tut, kommt er überraschend gut voran. Seit Jahren hat er mit der Bastelei nichts mehr am Hut. So wundert's ihn nicht wenig, wie reibungslos es klappt.

Die Stunden verfliegen. Kurz nur beißt er zwischendurch in ein mitgebrachtes Brötchen, dessen Auflage mehr verspricht, als das es schmackhaft ist. Helmut verschlingt es dennoch.

Bis spät abends ist Helmut beschäftigt. Ausprobieren kann er es heute kaum noch. Dafür hat er die Technik soweit ausgeklügelt und verfeinert, dass das Teil problemlos in den Rucksack passt. Zufrieden geht er ins Bett, um morgen mit den ersten Sonnenstrahlen sein Projekt starten zu können.

Flurin liegt im Schlafsack. Er ist wach. Der entstandene Graben zwischen ihn und Gioele scheint unüberbrückbar. Nach diesem Job, wird er sich einen neuen suchen müssen. Eine weitere Zusammenarbeit wird kaum machbar sein. Auch Chiara geht auf Distanz. Kühl ist nicht nur das Wetter.

Nicht deswegen ist Flurin hellwach. Viel mehr beschäftigt ihn der kurze Mailaustausch mit D.F. Dieser ist felsenfest überzeugt, dass es sich bei dem Aufgenommenen um einen Mann handelt. Irritiert nimmt er es zur Kenntnis. Auf Gioeles Nachfragen hin schweigt Flurin lieber. Zu abstrakt – nein, absurd allein der Gedanke. Verrennt er sich da etwa in eine Sache, die aus den Fugen gerät?

Dabei ist D.F.s Frage, wo denn die Aufnahmen stattfanden, wenig hilfreich. Statt Antworten nur weitere Fragen … Oftmals hat es Flurin bereits bereut, die Bilder publik gemacht zu haben. Aber was soll es. Nicht mehr zu ändern. Bleibt abzuwarten, was weiter geschehen wird. Die Crew jedenfalls wird morgen das Lager verlegen. Aufgescheucht wie ein wildes Tier, kommt es ihn in den Sinn. Sie versprechen sich davon neue Erkenntnisse. Punkt.

Vielmehr interessanter ist: Wie kann ein Mensch fliegen? Keinerlei Hilfsmittel ist auf den Videos sichtbar. Und nachweislich bewegt sich das Objekt nach oben. Vielleicht steckt auch das Militär dahinter. Die Forschungen laufen ja im Geheimen auf Hochtouren, heißt es. Und wenn es nicht die Schweizer sind, dann die Amerikaner oder die Russen. Das nimmt für Flurins Geschmack allmählich Dimensionen unbekannten Ausmaßes an. Verstehen kann er es nicht.

Ein fliegender Mensch, zumal aus eigener Kraft, wäre spektakulär – käme einer R(E)volution gleich. Und das will Flurin sich nicht entgehen lassen. Er will dabei sein und ein Stück des Kuchens abhaben. Aufklärend beitragen. Was gibt es besseres?

Soeben schiebt Helmut die zwei zusammen gesteckten Plastikrohre durch die Haltelaschen. Fertig. Mit einer Spannweite von zwei Meter sechzig nicht gerade ein optischer Augenschmaus, doch einem Gleitflieger verblüffend ähnlich. Die Leichtbauweise trügt darüber hinweg, dass das Gefährt vollkommen fluguntüchtig ist. Mehr als eine Alibiattrappe braucht er nicht. Menschen lassen sich so leicht hinters Licht führen. Allzugern wollen sie nur das sehen, was sie sehen wollen. *Tun wir ihnen den Gefallen.*

Ein Trick muss Helmut allerdings anwenden. Damit die Flügel zu halten sind, hat er durchsichtige Glasfiberstäbe mit den Halteseilen umwickelt. Alles leicht zusammenfügbar. Hierdurch erweckt er den Schein, dass es trägt. Mit Profisportlern wird er es eh nicht zu tun haben, denen wird er tunlichst aus dem Weg gehen.

Nachdem sein Werk montiert ist, schlüpft er in zwei Riemen, die er diagonal anlegt und mit einer Schnalle auf dem Bauch befestigt. Darüber zieht er den Neopren Anzug, das Teuerste bei diesem Einkauf. Damit können Temperaturunterschiede der Luftschichten gut ausgeglichen werden; so Helmuts Theorie.

Den Rucksack versteckt er in einer Felsspalte.

Kaum spürbarer Wind. Fürs kommende Vorhaben die optimale Voraussetzung. Er hakt noch die Ösen der „tragenden Seile" ein. Am Gewicht ist nichts auszusetzen. Etwas rechtslastig, was leicht ausbalancierbar ist, ansonsten perfekt. Helmut geht in die Startposition und los geht's. Die Beine übernehmen den größten Part. Hin und wieder nimmt er einen Arm zu Hilfe.

‚Die Streben müssen irgendwie am Schulterblatt aufliegen', schwirrt es ihn durch den Kopf. Für jetzt erfüllt die Konstruktion aber allemal ihren Sinn.

Unbeholfen steigt er auf. Noch findet er nicht zu der Sicherheit, die Helmut sonst eigen ist. Angestrengt seine Sinne. Hoch konzentriert merzt er leichte unsichere Abläufe aus. Zufriedenstellend ist es nicht. Die Aufmerksamkeit zehrt an den Nerven, leidet doch das Flugerlebnis an sich stark darunter. Von Qualität keine Spur.

Helmut geht runter. Dabei braucht er seine Arme. Dies führt dazu, dass ein leichter Windhauch den Gleiter auf die Seite kippt. Beinahe verliert Helmut die Orientierung. Gefasst auf das Unvorhergesehene, kann er schlimmeres verhindern. Helmut landet.

Viele Handgriffe später prüft er seine Idee auf leichten Sitz. Die Arme frei, trägt er nun seine Erfindung. Er kann ein Lächeln nicht unterdrücken; erfindet er doch das Fliegen gerade neu.

Aufkommende Böen ausnutzend, gleitet er sanft hinauf in den Himmel. Die Gleitflächen behalten gleichmäßig Abstand. Nun ist er wirklich frei. Sie konnten kommen, die neugierigen Blicke.

Helmut nimmt Geschwindigkeit auf. Immer höher zieht es ihn. Luftschwimmend und die Form eines Kreisels nachziehend, erreicht er bald darauf einzeln dahin ziehende Wolken. Und er steigt höher. Jetzt gönnt er sich die Zeit um Ausschau zu halten. Im Rücken die Sonne, ist der Ausblick übermächtig schön. In der Ferne ragen einzelne Bergspitzen heraus. Gletscher widerspiegeln die Sonnenstrahlen. Die Wolken wirken gleichmäßig watteweich – wie ein schneeweißer Teppich. Gegenüber Gestern ist es ein herrlicher Tag. Langsam steuert er auf das Gebirge zu. Er fühlt sich so sicher wie noch nie. In nur einem handbreiten Abstand, kann Helmut die glitzernden Wolken berühren. Schwebend verliert er das Gefühl für Zeit. Es spielt auch absolut keine Rolle. Das Ich ist rein mit allem auf der Welt. Alltägliche Probleme verlieren die Daseinsberechtigung. Er ist ein Teil vom Ganzen. Ein winziges Rädchen im Getriebe des Lebens.

Vor Helmut taucht eine einzelne Wolke, in Form eines Bogens, auf. Der Wind verweht sie zusehends. Einmal da hindurch schweben! Er erhöht die Geschwindigkeit strampelnd, und ein erhabenes Glücksgefühl nimmt sich seiner an. Märchenhaft. Wundervoll. Verklärend sein Blick. Innere Wärme berührt zart die Seele. Ein Ort des Verweilens.

Hindurch, zerreißt der Wind den Bogen ganz. Helmut hat das Tor der Endlichkeit passiert.

Die Sicht ist klar. Bis zu den Bergspitzen mögen es noch dreihundert Meter sein. Immer dichter wird der *Teppich*. Einzelne Wellenberge geben den Eindruck einer Eisfläche wieder. Wie in den Polarregionen formt auch hier der Wind. Fantastisch. Teil des Kreislaufs ohne Technik zu sein.

Noch sechzig Meter.

Helmut bekommt ein seltsames Gefühl im Magen. Am liebsten würde er umkehren. Geht vom Berg eine Gefahr aus? Nicht beurteilbar. Droht etwa ein Wetterumschwung? Alles wie vor fünf Minuten – klar, mäßiger Wind. Zweifel? Schon eher. Helmut holt weit aus, damit er schneller wird.

Zwanzig Meter. Mehrere dunkle Flächen werden sichtbar. Was ist das? Er verlangsamt den Flug. *Ups*. Die Flächen entpuppen sich als Gestein. Die letzten Meter im Auge, luftschwimmt er bis an den Gipfel. An der Vorderseite findet er keine Möglichkeit Halt zu finden. Scharfkantiger Fels würde schmerzhafte Wunden hinterlassen. Etwas weiter sieht es besser aus. Sich mit Händen haltend finden die Füße im Wolkennebel festen Boden. Erleichtert geht er in die Hocke.

Wabernd umhüllt ihn der Brodem. In der Ferne, noch vor dem Horizont, erkennt er den Dreitausender. Zukünftig wird er das Gebiet meiden. Nochmal passiert das nicht. Sein Augenmerk fällt auf ein Loch im Wolkenteppich. Es liegt auf der abgewandten Seite des Berges, gesehen aus der Richtung, aus der er gekommen ist.

„Das sehen wir uns doch mal an."

Der Luftgleiter ist zwar leicht, dennoch ein wenig unhandlich. ‚Eigentlich brauch ich ihn gar nicht. Keine Menschenseele.' Helmut entledigt sich seiner, lehnt ihn an den Berg. Mit einem gut dosierten Sprung erhebt er sich. Sagenhaft, wie die Welt, von oben aus betrachtet, im Detail verwischt, ohne den Charme zu verlieren. Nicht an den Erdboden gekettet zu sein, ist ausgesprochen bequem.

„Wie schnell doch der Wind die Wolken verändert."

Wären die Berge nicht, gäbe es kaum Anhaltspunkte über den Wolken. Jedenfalls ist es nicht langweilig. Er fühlt wie ein Abenteurer. Ein Pionier, der neu entdeckt, was die Technik schon vor hundert Jahren möglich machte.

Das Loch in der Wolkendecke erinnert an einen Strudel. Helmut fliegt näher. Gleich kann er einen Blick nach unten werfen. Knapp über den Teppich treibend, gibt die aufgerissene Wolkendecke eine atemberaubende Aussicht frei. Das Tal muss tiefer liegen, als das Motel. Am Boden – das muss eine grasende Schafsherde sein. Außer winzige helle Punkte ist sonst weiter nichts erkennbar. Atemraubend.

Der Überflug der Lücke ist schnell vollzogen. Helmut macht

eine Kehrtwende. Erneut im Anflug hat Helmut den Eindruck, etwas ändere sich. Nichts weiter darauf gebend segelt er weiter. Das dumpfe Gefühl bleibt aber bestehen.

Über der Wolken-Aufriss Grenze verdecken dunkle Nebelschwaden die Sonne, die bis eben noch auf ihn schien. Dann kann er sich plötzlich nicht mehr halten. Eine Kraft zerrt an Helmut, um ihn in die Tiefe zu reißen. Pure Angst erfasst ihn aufs heftigste.

Sein Herz rast. Im Körper kribbelt es nachhaltig. Sekundenbruchteile vergehen im Schreck. Mit aller ihm zur Verfügung stehenden Kraft, kann sich Helmut in der Höhe behaupten. Die drohende Erschöpfung bekämpfend, erreicht er nach gefühlten Ewigkeiten den sicheren Wolkenteppich. Sofort ist er wieder *frei*. Wie vorher kommt er ungehindert voran.

Der Luftgleiter steht noch dort, wo er ihn hingestellt hatte. Entsetzt vom Geschehen nimmt er Platz. Was war bloß los? Wahnsinn! Versiegen die Kräfte etwa? Panik im Nacken springt er auf. Verlagert den Körper nach vorn. Alles wie immer. Das was er Luftkissen nennt ist da und fähig, ihn zu tragen. Seltsam …

So viel er auch grübelt; er kommt auf kein Ergebnis. Verängstigt nimmt er den Gleiter. *Erst mal runter, dann sehen wir weiter.*

Alles wieder im Rucksack verstaut, schultert ihn Helmut. Langsam geht er den Weg zurück. Mittlerweile ist es recht warm geworden. Nach fünf Minuten kommt er bereits ins Schwitzen. Er kriegt den erlebten Schreckensmoment nicht aus dem Kopf. Mehr als die Hälfte des Weges ist er damit beschäftigt. Bis hinter der Biegung sein Motel erscheint.

Sofort bekommt er Hunger. Allein der Gedanke, gleich was essen zu können, spornt ihn an schneller zu gehen. Gleichzeitig kramt er den Schlüssel aus der Hosentasche. Erleichtert betritt er das Zimmer. Stellt das Gepäck neben dem Bett in die Ecke und geht auf die Toilette.

Nach einer Stärkung legt er sich aufs Bett. Müde und schlapp ist ein kurzes Schläfchen genau das Beste. Ein Klappern nervt. Einmal, zweimal, Pause. Wieder. Eins. Zwei. Stille. Im Halbschlaf schimpft Helmut, wechselt die Seite. Wieder klappert es. Er öffnet die Augen. Bis er des Denkens fähig ist, vergeht eine Weile. Zuerst glaubt er, das Geräusch habe er nur geträumt.

Klapp.

Er steht auf.

Das Hotel ist ein Altbau aus den sechziger Jahren des alten Jahrhunderts. Gepflegte Zimmer täuschen darüber hinweg, dass nie modernisiert wurde. Und genau da liegt das Übel. Undichte Türen und Fenster.

Klapp.

Helmut geht ans Fenster und schließt es. Kurz verharrend lauscht er. Nichts. Schlürfenden Schrittes will er wieder ins Bett. Noch 'n paar Minuten. Traumlos verfällt er einem tiefen Schlaf.

Nachmittags, drei Uhr. Laute Stimmen vor dem Motel wecken Helmut. Verstehen kann er nichts. Am liebsten würde er raus gehen und für Ruhe sorgen. Nur seine Uhr hindert ihn daran. Schließlich herrscht keine Ruhezeit mehr. Genervt steht er auf, nimmt einen großen Schluck Wasser. Der Stimmenlärm nimmt tendenziell zu. Durch die geschlossene Tür fängt er Wortfetzen auf.

„… ihn … Ruhe …"

Diese Stimme hat einen tiefen Tenor.

„Und … nicht? … gegen tun."

Ein Streit zwischen zwei Männern. Sicherlich handelt sich dabei um Vater und Sohn. Konzentriert lauscht Helmut weiter. Nur kann er nichts weiter aufschnappen.

Er öffnet die Tür, schon um Frischluft zu tanken. Niemand da. Hinter dem Haupthaus sieht er nur einen Wagen wegfahren. Alles friedlich. Mehrere Schritte geht Helmut in die Richtung, in der der Wagen wegfährt. Und bleibt wie angewurzelt stehen.

„Hallo."

Freundlich grüßt der Mann. Im Halbschatten steht ein Fremder, dessen Statur und Stimme Helmut verdammt bekannt vorkommt.

„Kennst du keine Freunde mehr?"

Freunde? Hier sind keine Freunde!

„Tja, wie klein die Welt doch ist", spricht die Stimme weiter. „Dachte, ich mach hier ein paar Tage Ferien." Eine Zunge schnalzt.

„Verfolgst du mich ..." Helmut geht, einer Eingebung folgend, aufs Ganze.

„Du würdest es so nennen. Ich dagegen nenne es Fügung. Zufall. Such dir was aus."

Also doch. Dieser verdammte Hund Fahloben steht unter dem Dachvorsprung.

„Keinen Auftritt?"

„Ich sagte doch: Ferien. Und nach deiner Vorstellung –"

„Ja?"

Fahloben tritt aus der Deckung hervor.

„Es hätte mich beinahe den Job gekostet, weißt du das?"

„Weshalb? Ich habe nichts dergleichen ..."

„Halt den Mund", zischt Fahloben. „Ich hab Romnia von dir erzählt. Das du uns helfen kannst und wirst. Aber der Herr ist sich ja zu fein für."

„Falsch. Ich habe nichts versprochen. Werde es auch nicht tun. Es ist dein Problem."

„Mein Problem? Hä?!"

Reifen kommen quietschend näher. Fahloben verstummt. „Ist kein feiner Zug von dir, Helmut. Wirklich nicht."

Eine Wagentür wird geöffnet.

„Und du solltest dich mal fragen …"

„Lass es sein, Dieter. Du tust *dir* keinen Gefallen."

Helmut und Fahloben wenden sich dem Ankömmling zu. Zu Helmuts Überraschung steht der Alte aus dem Münzgeschäft vor ihnen. Und der Wagen ist der, der am Zirkus vorüber fuhr.

„Herr Hargener, ich bitte Sie um Entschuldigung."

„Was haben Sie denn damit zu tun? Das sollte Herr Fahloben selbst verantworten."

„Ich habe mehr damit zu schaffen, als Sie glauben." Der Alte macht eine Pause, sieht dabei Fahloben streng an.

„Nehmen Sie meine Entschuldigung an, Herr Hargener?"

Helmut überlegt.

„Ich verstehe Sie. Ich würde ebenso erregt sein. Doch es ist alles nur ein Irrtum."

Der Alte gibt Fahloben einen Wink. Dieser senkt betont ehrfürchtig den Kopf und geht zum Wagen.

„Ich kenne Ihre Beweggründe nicht, Herr …" Der Alte macht keine Anzeichen, sich namentlich vorzustellen. So fährt Helmut fort: „Aber sorgen Sie dafür, dass Herr Fahloben mich nicht mehr belästigt. Wie ich sehe, haben Sie einen gewissen Einfluss …"

„Ich verspreche Ihnen …"

„Versprechen Sie nichts, was Sie nicht halten können."

Langsam kommt der Alte ein paar Schritte näher.

„Ich kann es, Herr Hargener. Ganz sicher. Es kommt nicht wieder vor."

„Gut. Hoffen wir einfach das Beste und denken positiv."

„Leben Sie wohl – Helmut."

„Warten Sie. Was hat das alles zu bedeuten?"

Fahloben ist inzwischen auf der Beifahrerseite eingestiegen.

„Er ist mein Sohn."

Der Alte steigt ein und fährt zügig davon.

XVI.

Angewurzelt steht Helmut da. Die Augen starren in die Richtung, in der das Auto mit den beiden davon fuhr. Mit offenem Mund ist er unfähig für irgendeine Reaktion. Hat er richtig gehört? Der Alte ist Fahlobens Vater? Wie kann das sein? Was für eine Kakofonie.

„Geht es Ihnen gut?"

Die Chefin des Anwesens kommt angerannt.

„Ich hab das Gespräch mit angehört, Herr Hargener. Alles in Ordnung?" Sie ist sichtlich außer Atem.

„Wie? Ja … ja ist ok."

„Mein Gott, was für ein fieser Typ. Man sieht's dem schon an der Nasenspitze an, dass der Ärger macht."

Helmut ist erleichtert. Erleichtert darüber, dass Fahloben wieder verschwunden ist (hoffentlich für immer), aber auch einen Zeugen zu haben. Vieles ist in den Medien veröffentlicht worden, was alles passieren kann. Fahloben benimmt sich wie ein Stalker.

„Der läuft mir so oft über ‚n Weg …"

„Sie sind ja ganz blass. Kommen ‚s mal mit. Ich mach uns einen guten Kaffee."

Teilnahmslos folgt ihr Helmut.

Neben dem stark aufgebrühten, vollmundigen Kaffee bekommt er einen doppelten Cognac gereicht. Sie beeilt sich „Auf Kosten des Hauses" hinzuzufügen. Danach kehrt das Leben wieder vollständig in Helmut zurück. Der kleine Plausch mit der Motel Chefin tut Helmut gut, bringt ihn auf andere Gedanken. Wenn er auch nur wenig sagt, fühlt er sich wohl. Nach einem weiteren Kaffee und zwei Schnäpsen geht er in sein Zimmer.

Ans Fliegen denkt er heute nicht mehr. Irgendwie ist ihm die Lust daran vergangen, und im Übrigen ist der Tag sowieso versaut. Seit langer Zeit geht Helmut früh schlafen. Dem Alkohol sei Dank braucht er keine Minute dafür.

Der Morgen danach. Schwerer Kopf. Schlaffheit. Nicht in die Gänge kommen. Im Hintergrund quält noch eine aufkommende Übelkeit. Trocknes Brot würgt Helmut mehr hinter, als es wirklich zu essen. Den Kopfschmerz bekämpft er mit fließendem Wasser. Kalt geduscht und er ist wieder halbwegs auf den Damm.

Mehr zufällig fällt Helmut auf, dass der Rucksack mit dem Luftgleiter nicht mehr am Platz steht. Nachdenklich beginnt er die Suche.

„Ich hab den doch hier hergestellt."

Überlegend steht er mit in die Seite gestemmten Händen. Vorm geistigen Auge ziehen einzelne Szenen ab. Immer mit gleichem Ausgang. Doch die Ecke ist leer.

Jetzt beginnt Helmut das Zimmer umzukrempeln. Jede Nische, jede Ecke, hinter dem Schrank und auch dort, wo der Rucksack im Leben nie sein kann, müssen dran glauben. Gefühlte Ewigkeiten vergehen. Und die Suche ist nur verlorene Zeit.

Erregt geht er vor die Tür. Auch hier – kein Rucksack. Fehlanzeige! *Wäre auch 'n Ding gewesen.* Ihm fällt nichts anderes ein, als nochmal die Motel-Besitzerin aufzusuchen. *Vielleicht hab ich ihn dort gelassen.*

Helmut findet sie an der Rezeption. Gerade überreicht sie einen Schlüssel an ein Pärchen. Zuvorkommend erklärt sie noch den Weg.

„Hallo. Gut geschlafen?"

„Wie ein Murmeltier. Guten Morgen."

„Guten Morgen auch Ihnen." Sie lächelt und er weiß, es ist ehrlich. „Kann ich etwas tun?"

„Wie man's nimmt." Helmut muss sich räuspern. Doch keine

gute Idee, oder? „Ich suche meinen Rucksack. Bei Ihnen steht er nicht – zufällig …"

„Nein, wüsste ich nicht", entgegnet sie überlegend. „Aber wir können gerne nachschauen. Kommen Sie."

Leider verpufft so manche Hoffnung schlagartig.

„Tut mir Leid, Herr Hargener. Sie sehen ja selbst …"

„War ein Versuch wert. Nichts für ungut."

Er will schon gehen, da sagt sie: „Vielleicht kann ich Ihnen ja doch helfen …" Sie spricht leise und gedämpft. „Ich weiß, es kann auch Zufall sein. Hat vielleicht auch nix mit zu tun. Aber der Herr, mit dem Sie gestern den Disput hatten, war nochmals vorgefahren."

Hat er richtig gehört?

„Wann?"

„Lassen Sie mich überlegen. Gegen halb elf nachts …"

Hört das denn nie auf!

„Ich habe ihn herumschleichen sehen. Da er aber vom Haus weg blieb, hab ich nichts unternommen."

„Und … dann?"

„Ich bekam einen Anruf, musste noch eine Reservierung streichen. Und später ist er weggefahren. Das war's."

„Sonst nichts?"

„Keine nennenswerte Geräusche. Nein. Alles ruhig."

Helmut ist über die Sorglosigkeit der Motel Inhaberin erschüttert. Ohne ein weiteres Wort geht er. Er braucht Luft!

Ein schlimmer Verdacht drängt sich auf. Hat Fahloben den Rucksack geklaut? Doch wie kam er ins Zimmer? So unverschämt kann der gar nicht sein. Helmut untersucht das Türschloss sowie das Blatt. Auch an der Zarge keine Spur irgendeiner Einwirkung. Bleibt nur das Fenster.

Da dort ebenfalls nichts auffällig ist, will er schon aufgeben. Lustlos setzt er sich auf das Bett. Er fühlt Traurigkeit. Weniger des verloren gegangenen Luftgleiters wegen. Tiefe Enttäuschung setzt Helmut immer wieder zu. Und er ist enttäuscht. Von sich, der Welt, von den Menschen. Seelisch hat er soeben den tiefsten Punkt erreicht, den er hat erreichen können. Und einen Ausweg sieht er nicht.

Klapp. Klapp.

Dieses scheiß Fenster! Er steht auf. Das Klappern geht tierisch auf den Sack. Halt! Fenster – klappern …

Emsig rasant dreht das Gedanken-Karussell.

Helmut glaubt mehr und mehr sich der Wahrheit zu nähern. Kleinschrittig. Ohne Hast.

Wenn es Fahloben gewesen sein sollte, dann nur, als Helmut nachmittags geschlafen hatte. Da war dieses eigenartige Klappern des Fensters. Und als er draußen nachsah, stand Fahloben unter dem lang herausgezogenen Dachvorsprung. Nur so kann es gewesen sein. Bleibt noch: Weshalb? Was trieb Fahloben an? Der wusste doch noch nicht einmal, was im Rucksack ist. Es sei denn … *Oh Gott.* Es sei denn, er hat es beobachtet! Helmut muss den Kopf abstützen. Hilflos gesteht er sich ein, auf ganzer Linie versagt zu haben. Er sieht den Sinn nicht. Alles konnte so schön sein. Aber nein - Fehlanzeige. Auch mit vierzig nichts dazugelernt. *Looser!* Flasche. Zum Kotzen.

Nur noch ein winziger Schritt, dann zerfließt Helmut im Selbstmitleid. Mit einem Mal schießen ihm Blitzfragen durch den Kopf. *Was will der damit? Mir schaden? Kann er doch nicht. Das Ding fliegt eh nicht!* Das ist es, was Helmut nicht ruhen lässt. Der Luftgleiter funktioniert gar nicht! Attrappe.

Ein hämisches Grinsen ist nicht unterdrückbar.

„Jetzt hab ich ihn – yeah!"

Vorfreude ist bekanntlich die schönste Freude. Und wer am Schluss lacht … und so weiter – bla, bla, bla.

„He, he. Fahloben, du kannst mich mal!"

Es geht aufwärts. Wie lang hat er darauf warten müssen. *Puh!* Jetzt wird alles gut. Jede Muskelfaser geht in die Entspannungsphase. Es ist ein Gefühl, als ob zentnerschwere Lasten von ihm abfallen.

Gelassen schaut Helmut auf die kommende Zeit. Jetzt ist er wirklich frei. Frei wie der Vogel, kann er sich vom Wind treiben lassen durch die Welt. Voll von Erwartung lehnt er sich zurück. Tagträume sind seine Spezialität. Er sieht Palmenstrände und schneeweiße Strände. Überfliegt den mächtigen Ozean. Überholt Luxusliner und Segelschiffe. Kurz: Er sieht sich überall und nirgends, wie es so schön heißt. Nur braucht er einen neuen Fluggleiter, sonst war's das.

Und schon ist die Träumerei am Ende angelangt. Sie verpufft wie eine Seifenblase. Denn der Realität kann auch ein Helmut schwer nur entfliehen.

Wenn Fahloben nun wirklich fliegt? Er wird scheitern. Mörderisch scheitern! Er würde gern dessen Gesicht dabei sehen. Fahlobens Trip wird in eine Katastrophe enden. Ende. Aus. Wie ein nasser Stein geht's abwärts. Helmut macht das Geräusch eines Einschlages nach. Herrlich. Wie der sich wundern wird. Klasse.

Augenblicklich wird es Helmut bewusst. Hin- und hergerissen im Rausch sinnlicher Schadenfreude und derben Vorwürfen. Kann er es verantworten, dass Fahloben etwas geschieht? Mit dieser Schuld leben zu müssen – unvorstellbar. Da spielt seine Moral nicht mit.

Helmut stöhnt auf. Wieder weiß er nicht weiter. Wie auch. Aussichtslos die Lage.

Er möchte handeln. Muss handeln!

„Denk nach, Alter. Denk nach!"

Entschlossen nimmt er den Tablet Computer in die Hand. Das Video. Wenn, dann besteht die Möglichkeit über diese Site Fahloben zu finden. Dank dem Cache, der die letzten Aufrufe speichert, findet er das Gesuchte. Weiter unten und recht klein, bemerkt er Einträge. Nichts Aufregendes. Viele beschrieben das Video als gefakt, was Helmut mit Wohltat liest. Also besteht keine Gefahr. In guter Laune versetzt, scrollt er weiter. Und ihm stockt – zum wiederholten Male – das Herz.

D.F.: ICH WEISS, WER DAS IST.

Das Damoklesschwert schwingt unaufhaltsam. Helmut zieht den Kopf ein. Die Buchstaben flimmern, dann tänzeln sie umher. Gebrandmarkt für alle Zeiten.

Helmut springt vom Bett. Geht im Zimmer auf und ab. Öffnet das Fenster ganz. Geht weiter im Kreis. Schließt das Fenster. Bleibt stehen. Horcht in sich hinein. Macht erneut ein paar Schritte. Stets das Tablet in der Hand festklammernd.

Handeln. Ich muss was tun.

Im Stehen zieht Helmut den Bereich größer, bis der Eintrag den Bildschirm ausfüllt. Wiederholt liest er. Wort für Wort. Unfassbar. Erst jetzt öffnet sich sein Focus für das, was drunter steht: SUKRIC.F. Dahinter steckt eine E-Mail-Adresse. Klingt fremd. Und doch …

Weitere Recherchen bleiben erfolglos. Deshalb nimmt er Stift und Zettel.

SUKRIC.F.

Manchmal hilft es unverständliches selbst aufzuschreiben. Das F. kann für Fahloben stehen; davon geht er aus, weil der Text dies nahe legt. Okay. Weiter. SUKRIC. Laut spricht Helmut mehrmals die Buchstabenkombination aus. Unterschiedlich betont, zusammenhängend, mit Pausen. Einer Lösung kommt er so jedoch nicht näher. Nicht einmal ansatzweise. Als Letztes, was ihm einfällt, das jeder Buchstabe eine Abkürzung sein kann.

Gefrustet legt Helmut das Papier weg.

Halt – das Amulett! In der Hoffnung, vielleicht auf ihm einen Hinweis zu finden, sucht er es und wird in seiner Jackeninnentasche fündig. Erleichtert schaut Helmut sich's nochmal näher an. Da fallen ihm die Konturen auf, deren Vertiefungen sich nun zu einem Bild zusammen gefügt haben. Deutlich sind zwei Schwingen erkennbar. Sonst jedoch kein Hinweis.

Kurz fasst er zusammen: „Also. Fahloben hat das geschrieben. Dann war der hier gewesen, mit dem Alten. Dieser Mensch taucht immer dort auf, wo ich bin. Zeit, den Spieß umzudrehen. Hm. –"

Die Zeit im Nacken wird er unruhig. Nochmal nimmt Helmut den Tablet Computer. Derjenige, der das Video reingestellt hat, wird bestimmt Kontakt aufgenommen haben. Was ist, wenn Fahloben ein Treffen vereinbart hat?

Das ungute Gefühl verstärkt sich schlagartig.

„Der stürzt ab, der Mistkerl."

Aufgeschreckt wie ein Tier streift Helmut den schwarzen Neoprenanzug über. Er muss diesen Typen finden. Seine Suche wird er am Entstehungsort des Videos beginnen. Der weiß gar nicht, was alles passieren kann!

„Und dann wird Tacheles geredet!"

XVII.

Eineinhalb Stunden zuvor. Flurin schließt den Laptop. Keine weitere Nachricht. Er ist allein im Camp. Die anderen bringen die Kameras in Stellung. Gioele lehnt es kategorisch ab, dubiosen Hinweisen nachzugehen. Soweit zum journalistischen Gespür des Teamchefs. Damit es nicht eskaliert, bleibt Flurin heimlich an der Sache dran. Nutzt jede freie Minute. Das Rätsel wartet darauf, geknackt zu werden.

In Flurins letzter Mail hat er seine Handynummer weiter gegeben. Somit ist er flexibler im Mailaustausch.

Chiara und ihr Bruder kommen zurück. Damit kein Verdacht aufkommt, kramt Flurin im Kabelkoffer.

„Ich hab ein Nest entdeckt. Wenn wir Glück haben, und es ist kein verlassenes, können wir gute Aufnahmen machen."

„Darauf uns verlassen dürfen wir aber nicht."

„Ich kann doch mit der Handkamera in Stellung gehen."

„Hi Flurin. Alles klar?"

„Ja, Chef. Ich such nur einen Kopfhörer. Der Alte rauscht zu sehr."

Damit ist das Thema durch.

Bevor Flurin seiner tatsächlichen Arbeit wieder nachgeht, nimmt er eine Zigarette heraus und verschwindet hinter einem abgesprengten Stein. Dort entzündet er sie. Zieht ein paarmal hintereinander, presst den Qualm aus den Lungen. Sein Handy piept. Eine Nachricht.

„Halten Sie sich bereit."

Die SMS lässt seinen Blutdruck steigen. Rauschend durchfließt das Blut die Adern. Jetzt wird es sich zeigen, wer den besseren Riecher hat.

Er schnipst die Zigarette weg. Gedanklich sucht Flurin nach einem Weg, um an den Camcorder zu gelangen. Dieser wird gebraucht, wenn es aussagekräftige Aufnahmen geben soll. Wo hat sie Chiara hingetan?

Getrieben vom Eifer keimt eine Idee.

„Wisst ihr, wo die Handkamera ist?", fragt er nebenbei, nachdem er im Zelt ist. „Ich muss noch einige Einstellungen abgleichen."

„Schau mal im Koffer dort", entgegnet Chiara. „Aber ich brauch sie nachher."

„Kein Problem, dauert nicht lange."

Flurin nimmt die Kamera aus der Tasche und geht hinaus. *Ging einfacher, als gedacht.* Intuitiv begibt er sich auf Umwegen näher an den Dreitausender. Im Schatten einer verkrüppelten Kiefer wartet er geduldig. Was nun kommt ist unklar. Aber ein Fehler ist es nicht, da ist sich Flurin hundert prozentig sicher.

Zwanzig Minuten vergehen. Vom Lager her ertönt Chiaras Stimme. Doch das interessiert jetzt nicht. Erwartungsvoll wandern Flurins Augen am Berg empor. Keine Auffälligkeiten. Seine Geduld wird hart auf die Probe gestellt.

Es klingelt. „Ja?"

„Sind Sie soweit?"

„Ja." Flurin umschließt mit der Hand Mund und Handymikro. Gedämpft spricht er weiter. „Wo sind Sie …"

„Auf dem Berg."

„Ich kann Sie nicht sehen …"

„Nicht oben. Etwa auf der Hälfte. Is 'n Vorsprung."

„Und was tun Sie da? Ich seh' keinen Sinn …"

„Halten Sie sich nur bereit. Und die Augen offen …"

Klack. Die Verbindung ist unterbrochen.

So sehr sich Flurin anstrengt, ist nicht das Geringste erkennbar. Durch den Camcorder-Sucher mit fünfundzwanzigfachem Zoom hat er mehr Erfolg. Er kann einen Menschen erkennen, der mit etwas beschäftigt ist. Sollte das der ominöse Fremde sein? Um Akkustrom zu sparen, schaltet er die Kamera ab.

Jetzt, da er weiß, auf was er achten und sich konzentrieren muss, kann er mit bloßem Auge der Szenerie folgen.

XVIII.

Bis hinter die Biegung rennt Helmut. Dann springt er im Laufen noch nach oben, bekommt Auftrieb und fliegt davon. Sein Ziel ist der Dreitausender. Dort will er mit der Suche beginnen.

In was bin ich da nur rein geraten, geht es ihm durch den Kopf. Für die schöne Aussicht hat er kein Auge. Und überraschend schnell geht es vorwärts. Da die Wolken recht spärlich sind, kommt er nicht in den Genuss des weichen Teppichs. Obwohl noch immer keinen blassen Schimmer, weshalb er gestern plötzlich abzustürzen drohte, misst Helmut mitfliegender Angst nicht das Geringste bei. Im Gegenteil: Fast verbissen luftschwimmt er, mit gleichmäßig ausführenden und kräftigen Bewegungen schneller werdend.

Wenn ich den in die Finger kriege ...

Na – er will sich jetzt nicht mit was-wäre-wenn-dann-Überlegungen in Rage denken. Dennoch kann ein gewisser Ärger nicht unterdrückt werden.

Am Horizont nimmt der Dreitausender bereits ein breites Sichtfeld ein. Nochmal die Anstrengungen verdoppelnd, schrumpft der Abstand zusehends. Spiralförmig nimmt Helmut Höhe auf. Aus der Vogelperspektive ist es einfacher, einen Gesamtüberblick zu erhalten.

Wind kommt auf. Die Brise drückt Helmut regelrecht in Richtung des Berges. Wie eine Feder treibt er segelnd dahin. Etwa zweihundert Meter vor dem Massiv geht er tiefer und bremst ab. Unterhalb des Gipfels sind Bewegungen erkennbar. Schon am Ziel glaubend, steuert er darauf zu.

Aufgescheucht durch Helmuts Schatten, stieben die Tiere auseinander. Einen Feind wähnend, suchen die Gämsen Schutz in der Flucht.

Helmut kann sich ein Lachen nicht verkneifen.

„Keine Angst, ihr Süßen. Ich hab keinen Hunger."

Weitere Höhenmeter tiefer nimmt er erneut eine Bewegung wahr. Ja, es ist ein Mensch. Vorsichtig fliegt Helmut näher. Die Gestalt hantiert und scheint beschäftigt. Dies nutzt er aus. Bis auf zehn Meter schwebt Helmut heran. Jetzt erkennt er in der Gestalt Fahloben. Und den Luftgleiter, der fast komplett zusammengesteckt worden ist.

„Wie ich sehe, hast du mich gefunden. Respekt."

Ohne weiter Helmut zu beachten schiebt Fahloben die obere Stange in die Haltelaschen.

„Hast dir wirklich Mühe gemacht."

„Warum tust du das?"

„Warum wohl. Kommt der Prophet nicht zum Berg, geht der Berg zum Propheten."

„Ich weiß nicht …"

„Und ob." Fahloben musste sich nur noch das Geschirr überstülpen.

„Tu ich nicht."

„Willst du nicht näher kommen? Hier ist genug Platz, Helmut."

„Großzügig. Danke. Aber …"

„Komm endlich her!", zischt Fahloben ohne Vorwarnung. Seine Miene deutet auf nichts Gutes. Kurz überlegt Helmut. Warum nicht. Vielleicht lässt sich Fahloben dann besser im Zaume halten. Langsam verringert Helmut den Abstand zu seinem Widersacher.

„Kannst es ja wirklich. Dachte, es wär nur so eine Legende. Weißt, von Früher."

„Woher …"

„Dreimal darfst du raten. Yep. Mein Vater."

„Hätte ich ihm nicht zugetraut."

„Hm. Denkst, er ist ein anständiger Mann?"

Helmut überlegt. „Ich denke, er ist ein erfahrener, alter Mann, der viel erlebt hat."

„Nobel. In 'nem Monat wird er neunundachtzig. Ist fit wie ein Vierzigjähriger."

Fahloben legt einen der Schulterriemen an.

„Dann hat er dir von dem Amulett erzählt?", fragt Helmut.

„Klar. Hat selbst einmal so 'n Ding gehabt."

Davon wusste Helmut nichts.

„Er hatte eine?"

„Bist du taub. Ja! Hat sie aber nie genutzt. Weiß nicht, wo die abgeblieben ist. Auch egal."

Gleich wird Fahloben den zweiten Riemen anlegen.

„Und jetzt willst du meine haben?"

„Nein. Mir nützt sie nicht. Dich will ich haben, Helm. Du bist so was wie 'ne neue Generation. Bring 's mir einfach bei. Das ist alles."

„Wozu? Für den Zirkus?"

„Ist doch egal. Aber wenn du es wissen willst. Wir brauchen eine Art Sensation, etwas Einmaliges. Aber das weißt du ja. Und wer weiß, wofür es noch gut ist."

„Warum glaub ich dir das nicht?"

„Weil du es besser weißt?"

Langsam geht es Helmut zu weit. Fahloben hat schon die Schnalle in der Hand, überlegt wohl, wie sie zu befestigen ist. Dann ist es zu spät.

„Ich kann es dir nicht beibringen, Dieter. Nur das Amulett macht das. – Was willst du eigentlich mit dem Ding da?"

„Ausprobieren, oder nach was sonst sieht das aus? Und übrigens: Ich trau dir auch nicht, Helmut."

Fertig.

„Nur wegen des Zirkus' veranstaltest du das hier?"

„Ich will meinen Vater folgen."

„Wo bei?"

„Weißt du es immer noch nicht? Na gut", Fahloben atmet tief durch. „Vater war in den zwanziger Jahren der *Fliegende Wunderknabe*. Die Zuschauer feierten ihn. Doch dann kamen Leute an die Macht, die uns nicht mochten. Fadenscheinige Enthüllungen und Vorwürfe machten Schluss mit Lustig. Dann ging's bergab. Niemals wieder war Papa in der Manege. Doch er kann es immer noch. Ohne Balanciergerät. Ohne Sicherungsleine und ohne Netz. Eine Gabe, die mir nicht gegeben ist. Da musst du schon was drauf haben. Die Höhe macht mir nicht bange. Nur die Füße wollen nicht so wie ich. Ist doch klar, dass ich nach Alternativen suche. Und in dir habe ich sie gefunden."

„Pfahlen? Hieß nicht der Vater des Kleinen damals so?"

„Du weißt es? Und ich dachte schon …"

Fahloben nimmt unvermittelt sein Handy. Stellt eine Verbindung her. „Es geht los." Und dann, ohne weitere Vorwarnung, springt er im weiten Bogen in die Tiefe.

Helmut, starr vor Schreck, sieht den Fallenden einige Sekunden zu.

„Der spinnt!"

Nun springt Helmut ebenfalls. Es ist genau das eingetroffen, was er verhindern wollte.

Mist! Wie naiv kann man nur sein!

Zu allem gesellt sich zunehmender Wind. Den bekommt Helmut zuerst zu spüren. Dagegen ankämpfend fällt es ziemlich schwer, Fahloben einzuholen.

Dieser kämpft mit dem nicht flugfähigen Gleiter. Unkontrolliert ist er ein wirbelnder Spielball im Wind. Fahloben beginnt mit den Armen zu rudern. Dadurch beschleunigt sich jedoch die Eigendrehung. Der Luftgleiter verstärkt sie noch zusätzlich. Dabei verdreht er sich dermaßen, dass Helmut Angst hat, dass er sich in sämtliche Einzelteile auflöst.

Etliche Meter trennen beide voneinander. Immer enger wird es. Zum Glück fällt die Bergwand hier senkrecht ab. Plötzlich wechselt Fahloben die Richtung. Verantwortlich hierfür ein Windstoß. Dadurch wird der freie Fall ein wenig abgebremst. Helmut schwimmt mit kräftigen Zügen hinterher. Kann rasch aufschließen und die Situation neu beurteilen.

Nahezu die volle Fallgeschwindigkeit erreicht, kommt Helmut dem Leichtsinnigen ausgesprochen nah. Um keine Zeit zu verlieren, belässt es Helmut bei der Geschwindigkeit, obwohl Fahloben eine gewisse Höhe hält.

Leider erweist es sich als Fehleinschätzung. Der Aufprall auf den Gleiter ist hart. Zu guter Letzt brechen einige Teile heraus.

,Das gibt eine große Beule', denkt Helmut noch. Dann wird der Abstand zwischen ihnen wieder größer.

Krampfhaft denkt Helmut nach, um seinen Vordermann – der rasanter denn je den Fels um Haaresbreite verfehlt – doch noch einzuholen. Helmut geht aufs Ganze. Indem er die Arme fest an den Körper presst und in eine Eigenrotation gerät, schraubt er sich in die Tiefe. An Geschwindigkeit gewinnend, überholt er Fahloben. Jetzt ist es Zeit, sich selbst zu stabilisieren, was Helmut nicht sofort schafft.

Die Kraftanstrengung raubt Helmut fast die Sinne. Mit einem lauten Schrei löst er sich aus der Drehung. Sekundenbruchteile darauf erfolgt ein abrupter Richtungswechsel, und Helmut ist wieder auf Kurs. Schon kommt Fahloben angebraust. Immer wieder mit den Armen rudernd, als ob dies nützt.

„Halt ruhig", schreit Helmut ihm entgegen.

Mit offenen Armen empfängt Helmut den Widersacher. Dabei knallt Fahlofens Kopf gegen Helmuts Schulter. Unter unsäglichen Schmerzen hält er Fahloben fest, der diesen wiederum eng umklammert. Das Entsetzen in den Augen geschrieben, greift Fahloben nur zu gern an den gereichten Strohhalm.

Helmut dagegen versucht, in eine stabilere Lage zu kommen, was, mit geschätzten siebzig Kilo mehr als Ballast, die im Augenblick wohl das Mehrfache bringen, fast unmöglich erscheint. Im Knäuel geht es immer tiefer. Nach weiteren zähen Sekunden kommt Helmut in die von ihm angestrebte Schräglage. In diesen Augenblick greift das Luftkissen.

„Du musst dich auf meinen Rücken ziehen!"

Fahloben weigert sich. Entsetzt krampft er sich fest.

„Lass nur ein bisschen locker …", schreit Helmut erneut. Als dieser wieder nicht reagiert, probiert er es eben auf seine Art. Ruckartig dreht er sich kraftvoll um die eigene Achse. Doch leider ist Fahlobens Griff eisern, sodass dieser jetzt seitlich an Helmut klebt.

Bis zum Boden mag es noch achthundert Meter sein. Energisch wiederholt Helmut den Versuch. Sechshundert Meter. Mit jedem weiteren Ruck bekommt Helmut ihn dorthin, wo er ihn haben will. Als Fahloben begreift, was von ihm gefordert wird, fängt dieser an, eigenständig den Rücken des *Aeronauten* zu erreichen.

Noch vierhundert Meter!

Breitarmig und die Beine stabilisierend einsetzend, bekommt Helmut den Fall in letzter Minute in den Griff. Durch sein Können trägt die Luft beide gleichermaßen. Besonders Fahloben ist erleichtert.

Die Wiese am Fuße des Berges ist groß genug für eine Landung. Die fällt zwar nicht so elegant und sicher aus, bringt aber beide unverletzt auf festen Boden.

XIX.

„Bist du denn total lebensmüde?", schreit Helmut Fahloben an, nachdem er sich aufgerappelt hat. „Das hätte voll ins Augen gehen können."

„Hat doch funktioniert."

Fahloben findet es scheinbar komisch, und verfällt in ein hysterisches Lachen.

„Hör auf. Das ist nicht komisch!"

Helmut ist es warm geworden. Trotz brodelnder Wut – oder gerade deswegen? – zieht er das Oberteil des Neoprenanzuges aus. Zur völligen Überraschung kommen Leute angelaufen. Sie sehen gehetzt aus. Einer von ihnen hat einen Camcorder in der Hand.

„Ist was passiert?"

„Alles ok."

„Wir dachten schon", sagt der mit der Kamera. „Hab alles – äh zufällig gefilmt. Geht mächtig ab."

„Aha", erwidert Helmut. „Vom Fach, was?"

Die Frau in der kleinen Truppe läuft auf Fahloben zu. Fürsorglich hilft sie den Gestrauchelten auf die Beine. Und der lacht noch immer.

„Naja. Wir machen hier grad … Tieraufnahmen …"

Nun ist Helmut alles klar. Alle sind versammelt.

„Und was nehmt ihr so auf?"

„Das Studium der Adler, ihre Lebensweise …", antwortet das Mädchen. „Vom Schweizer Fernsehen." Sie lächelt ein wenig verlegen.

Helmut nickt ihr zu. Ehrlich gesagt, hat er ein anderes Bild von Fernsehmachern. Diese hier haben ein geschätztes Durchschnittsalter von Mitte Zwanzig. Und der mit dem Camcorder sieht eher aus wie ein Student. So ändern sich Zeiten.

„Lässt mir eine Kopie zukommen?"

„Ja", stammelt der. „Übrigens – ich bin Flurin. Meine Kollegin Chiara."

„Angenehm, Helmut."

Er hält es für besser, seinen Nachnamen zu verschweigen. Unter Umständen landet das Video vielleicht noch auf YouTube.

Neben dem Studenten tauchen zwei weitere Männer auf, die wohl ebenfalls zur Crew gehören. Gleich darauf bestätigt sich seine Vermutung. Der Größere heißt Gioele Wyss und der andere Enea. Allem Anschein nach ist ersterer der Chef, jedenfalls seine Ausstrahlung nach zu urteilen.

„Und was machst du mit dem Film?"

Flurin überlegt sichtlich angestrengt. Da hilft ihn Gioele aus dessen Verlegenheit. „Damit passiert rein gar nichts. Sagen Sie, wie ist das …"

„… möglich?", vollendet Helmut den Satz.

Gioele nickt bestätigend.

„Eine Frage vornweg, wenn Sie gestatten. Weshalb ist das Video im Netz?" Helmut streckt die Fühler aus. Wenn nicht jetzt, wann dann! Die Gelegenheit ist günstig, und sie gilt es am Schopf zu packen.

Alle schauen auf Flurin. Verlegen bis zum Geht-nicht-mehr erröten dessen Wangen.

„Ich … wir …"

„Wir machen eine Tier-Doku. Und dabei ist … sind Sie uns aufgefallen. Natürlich ließen wir die Kameras laufen. Sieht man ja nicht alle Tage. Da Recherchen nichts brachten, nun … Wir haben einen unkonventionellen Weg ausgesucht, um an weitere Informationen zu gelangen."

Gioeles Offenheit gefällt Helmut. Klar und ohne Umschweife gibt er zu, was offensichtlich ist.

„Danke für Ihre Ehrlichkeit."

Inzwischen ist Fahloben auf den Beinen. Er lacht nicht mehr;

stattdessen steht er stumm da. Der Grund soll allen sofort klar werden. Vom Lager her kommt der Alte – Pfahlen. Niemand ist er aufgefallen, denn nach seiner Gangart zu schließen, hat er entweder etwas erledigt oder musste wenigstens eine Weile zugesehen haben. Ruhigen Schrittes und mit ernster Miene tritt er an die Gruppe heran.

Selbst die Crewmitglieder sind offenbar überrascht.

Nachdem er sich bis auf zwei Metern genähert hat, grüßt er höflich. Ein besorgter Blick gilt allerdings seinem Sohn.

„Es ist gut, dass du nicht verletzt bist, wenn es auch nicht selbstverständlich ist. Danke dem Herrn, dass er Herr Hargener dich retten ließ."

Fahloben sinkt immer weiter in sich zusammen. Ist er sich einer gewissen Schuld bewusst? Helmut bezweifelt es. Vielmehr die Anwesenheit des Vaters lässt ihn Agonie ähnlich versteinern. Nicht ein einziger Blick geht in Richtung Pfahlen. Ein gescholtener Junge, der genau um die gemachten Fehler weiß, doch der Versuchung stets unterliegt.

Blicke wechseln die Seiten.

Ruhig und gelassen spricht der Alte, an Helmut gewandt, weiter: „Nehmen Sie letztmalig meine Entschuldigung an? Ich kann nichts weiter tun. Geschehenes rückgängig machen, liegt nicht in meiner Kraft. Für die Unannehmlichkeiten gibt es keine gebührende Entschädigung. Ich bin also von Ihrer Entscheidung abhängig, Helmut."

Die Ansprache versetzt Helmut in ein emotionales Gefühlchaos, das seines gleichen sucht. Um seine Worte zu bekräftigen, hält Pfahlen ihm die ausgestreckte Hand hin. Mit einem Anflug eines Lächelns besiegeln beide den Händedruck.

„Und zu Ihnen, meine Herren. Bitte vergessen Sie diese nicht zugegebenermaßen alltägliche Begebenheit. Es bringt kein Glück, weiter nachzuforschen. Noch werden geforderte Quoten damit erreichbar sein. Denn alles hat offiziell nie stattgefunden."

„Ja aber …", wagt Flurin einzuwenden.

„Haben Sie irgendwas gesehen, was sonderbar war?"

Der Angesprochene will gerade antworten, da fällt ihm dieses Mal Chiara ins Wort: „Nein."

„Na bitte. Dann ist alles in bester Ordnung."

Pfahlen schaut in die Runde.

„Jeder geht seiner Wege. Ich empfehle mich, meine Herren."

Damit löst sich die Runde nach und nach auf.

Der Einzige, der mit dem Ausgang nicht einverstanden ist, ist Fahloben. Grimmig folgt er seinem Vater. Die vier Crewmitglieder sowie Helmut sehen den Davongehenden lange nach. Auch als sie längst aus dem Blickfeld entschwunden sind, herrscht vornehmliches Schweigen.

Beeindruckt wirkt nach, was spektakulär begann.

Flurin sieht auf den Boden. In seinem Inneren wird der Wunsch nach einer Regung stark. Unangenehm berührt, verharren die Fünf, nach dem Motto: Wer bewegt sich zuerst? Lang kann er es nicht mehr aushalten. Dann platzt es aus ihm heraus.

„Und was wird aus den Aufnahmen?"

„Die verschwinden im Archiv", spricht Gioele. „Ich glaube nicht, dass jemand ein Interesse daran hat, unnötig Staub aufzuwirbeln." Flurin schaltet die Kamera ein, spult das Band ein wenig zurück. Dann entrinnt seinem Munde ein Aufschrei.

„Alles weg."

Soviel er auch sucht – das Band zeigt nur Schnee. Sichtlich enttäuscht schaltet er den Camcorder aus und drückt ihn der verdutzten Chiara in die Hand. Dann macht er den Anfang. Ohne Gruß geht er ins Lager.

Um es nicht ins Unermessliche zu treiben, löst Helmut schließlich die Runde auf. Als er allein ist, dreht er sich nochmal um. Nahe dem Berg, der stummer Zeuge eines Vorfalles geworden war, der so nie hätte stattfinden dürfen, liegen einige Teile seines Luftgleiters. Noch überlegt Helmut, sie einzusammeln; entscheidet sich jedoch dagegen. Er benötigt ihn nicht mehr. Und zum allerersten Mal weiß er, was zu tun ist. Helmut braucht sich nicht zu verstellen, um nicht unnötig aufzufallen. Denn – er bleibt sich selbst treu.

Im Lager der Filmcrew herrscht angespannte Stille. Flurin kann es nicht glauben. Alle Bänder zeigen nur Rauschen. Gioele und Chiara erhalten nach eingehender Suche ebenfalls das gleiche Ergebnis. Wie ist das möglich! Haben sie alle geträumt? Unmöglich! Jeder von ihnen hat Dinge gesehen, die es nicht geben sollte. Nein, er kann sich doch nicht dermaßen darin versteift haben. Enea erwähnt noch das Internetvideo. Wieder Hoffnung schöpfend, geht Flurin auf der Stelle ins Netz.

Ein entsetztes Aufstöhnen lässt die Crew aufschrecken. Blass und nach Atem ringend sitzt Flurin vor seinem Laptop. Starre Augen sind auf den Bildschirm gerichtet. Da er nicht reagiert, eilt Chiara zu ihm. Dann sieht auch sie, was ihrem Kollegen zusetzt: Statt des Videos ist der Alte zu sehen. Darunter der Text: NICHT JEDER, DER SIEHT, ERKENNT.

XX.

Frei von Last hat er nur einen Wunsch: Zurück in die Normalität. Helmut hechelte bisher etwas nach, was einer Lebenslüge gleich kommt. Das Versteckspiel hat ein Ende. Im Motel packt er und erkundigt sich nach einer Zugverbindung. Da der Zug erst am kommenden Tag fährt, hat er noch den Nachmittag, um wirklich Urlaub zu machen. Bis in den Abend hinein währt die Wanderung. Müde, jedoch zufrieden, endet sein Aufenthalt. Lang wird er noch daran denken, da ist sich Helmut sehr sicher. Ein Abenteuer, das in die Annalen seiner Geschichte einen nachhaltigen Platz einnehmen wird.

Im Zug lässt Helmut noch einmal die Ereignisse Revue passieren. Ihm fällt es wie Schuppen von den Augen, dass sein Verhalten egoistisch war. Stets darauf bedacht, vorrangig Neues auszuleben – rücksichtslos. Dabei blieb nicht nur er auf der Strecke. Das Magische fühlend, ist er im Moment aber nicht dazu bereit, vorläufig dem Fliegen weiter nach zu gehen. Vielleicht ergibt es sich ja in Zukunft, dem Ganzen Sinn zu verleihen.

Ein übermächtiges Schuldgefühl kommt auf. Kerstin. Was wird sie wohl denken? *Ob sie mir noch eine Chance gibt?* Er nimmt sein Smartphone und tippt. Im Zug ist es mit dem Empfang so eine Sache. Außerdem mag er nicht telefonieren, wenn andere dabei mithören. Hierfür braucht nicht nur Helmut Ruhe und einen passenden Ort.

Das Glück bleibt ihm gewogen. Die SMS von ihr ist vielversprechend. Seine Gedanken kreisen nun nach einer Möglichkeit, der beiden gerecht wird. Doch die Fahrt ist lang – also Zeit genug hat Helmut.

Am Bahnhof des Zwischenstopps begibt sich Helmut zu einem wartenden Taxi. Eines will er sich nicht nehmen lassen: noch einmal bei dem Unterstand vorbeischauen. Dort, wo alles seinen Anfang nahm, was dieses Abenteuer betrifft. Für Helmut ein Weg, damit der Kreis sich schließen kann. Und mit ein bisschen Glück, gibt es ein freies Zimmer im Berghotel.

Auf der Fahrt dorthin kommt eine SMS von Kerstin herein. Darin teilt sie ihm ihre Freude mit, wenn er am Abend sie anrufen könnte. Helmuts Herz schlägt schneller. Die Fahrt dauert wegen einer Stauumfahrung recht lang. Stillschweigend beobachtet er die Landschaft. Sie wirkt vertraut, doch vieles ist neu.

Nachdem endlich das Taxi am Waldhotel vorfährt, sinkt die Sonne hinter dem Berg. Eine halbe Stunde danach geht er zum Unterstand.

So wie er diesen Ort verlassen hatte, findet Helmut alles vor. Sogar Euphemias Gewölle, das die Überreste einer nächtlichen Jagd beherbergt, liegt noch am Platz. In Erinnerung schwelgend, ruft er Kerstin an.

„Hallo Schatz."

Ihre Stimme klingt erfreut.

Nicht sofort kann er etwas sagen. Doch die entstehende Pause ist nicht mit Leere gefüllt.

„Tut mir Leid …", fängt er an.

„Kein Problem. Ich bin nicht ganz unschuldig."

„Nein, nein. Du trägst keine Schuld. Mir ist vieles … über den Kopf gewachsen." *Wo sind nur all die Worte hin, die ich vorhin im Kopf hatte! Wie weggeblasen.*

Auch Kerstin scheint danach zu suchen. Es entsteht eine neue, lang während Pause.

„Ich …"

„Ja?"

„Hättest du heute Abend … Wir könnten …"

„Klar, Schatz", erwidert Helmut erleichtert. Kaum ausgesprochen, keimt eine Idee auf. Noch nicht ausgereift, aber ausbaufähig.

„Ich könnte für uns beide kochen. Was meinst du?"

„Ich würde dich gern, zur Feier des Tages … entführen, Kerstin. Sagen wir gegen zweiundzwanzig Uhr?"

„Bist du denn in der Stadt? Keiner weiß, wo du bist. Nicht mal deine Eltern …"

„Ich werde da sein, Schatz." Das schlechte Gewissen ergreift jetzt endgültig von ihm Besitz. *Selbst Schuld.*

„Okay."

Ihre Stimme ist zart und liebreizend. Auch glaubt Helmut herauszuhören, dass Traurigkeit mitschwingt.

„Bis zehn. Ich warte auf dich …"

„Ja, bis zehn. Du kannst ja schon unten auf mich warten."

„Mach ich. – Tschüss."

Er steckt das Smartphone in die Tasche. Unterdessen ist die Sonne untergegangen und das Zwielicht läutet endgültig den Abend ein. Des Waldes melodisches Rauschen stimmt ein zum Verweilen. Einige Schritte weiter raschelt es im Gras. Nachtaktive Tiere werden wach. Die Zeit der Jäger beginnt.

Mit einem weinenden und einem lachenden Auge beginnt er die Heimreise. Am Horizont leuchtet das Indigoblau besonders intensiv. Ohne sich Sorgen zu machen, fliegt Helmut los.

Sie steht erwartungsvoll in der Nacht, wenige Meter vom Haus entfernt. Immer wieder wandern ihre Augen die Straße hinauf. Schon fünf nach zehn! Langsam wird sie ungeduldig. Ob er es sich's anders überlegt hat? Oder ist Helmut gar nicht in der Stadt? Fragen, deren Antworten sie nicht kennt, die aber deswegen nicht weniger auf der Seele brennen. Weitere Minuten vergehen. Kerstin fühlt eine tiefe innere Unruhe. *Es ist was passiert*, schießt es ihr in den Sinn. Schlagartig wird die Unruhe zur Sorge.

Da hört sie leise ihren Namen. Sie dreht sich um, sieht aber nichts. *Reine Nervensache*, beruhigt sie sich.

„Kerstin."

Diesmal ist es lauter. Klingt wie – Helmut?

Nervös suchen ihre Augen. Jedoch aus keiner Himmelsrichtung nähert sich jemand.

„Oben ..."

Klar – es ist die Stimme von Helmut. Sie hört sich an, wie *herangetragen*. Unwillkürlich schaut sie nach oben. Und ihr Verstand will nicht wahrhaben, was die Augen erblicken.

Aus der Dunkelheit heraus und vom Licht der Laternen angestrahlt, schwebt Helmut einige Meter über dem Boden. Kerstin hält automatisch die Luft an, schließt die Augen – wartet. Das Bild bleibt gleich. Auf den zweiten Blick hin bemerkt sie, dass Helmut etwas im Mund hat. Durch die diffusen Lichtverhältnisse kann sie es aber nicht genau wahrnehmen. Der Dinge harrend, die nun kommen werden, wartet sie regungslos.

Geräuschlos verringert Helmut die Distanz. Ein Auto fährt hupend vorüber. Tief in der Nacht dröhnen dumpf die Düsen eines Flugzeuges. Er sind nur noch ein paar Zentimeter zur Erde. Zwischen den Zähnen prangt eine kleine weiße Rose. Helmut erfasst den Stil.

„Ich hab es versucht, dir zu sagen, Liebling ..."

Kerstin kann nicht sprechen. Sie ist einfach nur fassungslos. Doch darunter mischt sich ebenso ein Hauch von Faszination.

„Deinem Schweigen nach, gefällt sie dir nicht?"

Er wechselt den Blick von ihr auf die Rose.

„Doch ... aber ... das ..."

Jetzt hat er festen Stand. Sie sieht Helmut fest in die Augen. Aus Sekunden werden Minuten.

„Du hast es ... mir gesagt. Und ich ... Aber wie ..."

Seine Antwort nicht abwartend fällt Kerstin ihn um den Hals. Drückt ihn kräftig an sich. Flüsternd wechseln Worte die Seiten. Es folgen flüchtige Küsse auf Wangen und Lippen. Geraume Zeit später will ein inniger Kuss nicht enden.

„Darf ich dich entführen?", fragt Helmut.

„Ja …"

„Aber als Erstes musst du die Rose nehmen."

Lachend und mit Tränen in den Augen greift sie nach der Blume. Nicht wissend wohin, steckt sie diese einfach in ihr Haar.

Beide lachen.

„Bereit?"

Sie nickt. Klopfenden Herzens ist sie erstaunt, als Helmut ihr den Rücken zuwendet.

„Umfasse meinen Hals, Liebes. Und halte dich gut fest."

Wie in Trance tut sie es.

„Sehr geehrte Dame. Willkommen bei Helmuts Airline."

Die Worte sind gerade ausgesprochen, umweht Kerstin ein sanfter Wind. Ihre Füße verlieren den Erdkontakt. Anfangs ist sie atemlos. Lichter ziehen unter ihnen hinweg. Der einzige Halt ist Helmut. Da er sicher und wie selbstverständlich agiert, verliert sie bald die Angst.

Helmut merkt ihre wachsende Gelassenheit. Gleichmäßig durchluftschwimmt er die Nacht, mit all ihren wundersamen Eindrücken.

„Wie gefällt es dir, Schatz?"

„Himmlisch."

„Pass auf."

Beide schweben durch eine Lücke in den Wolken. Der pralle Mond lässt in seinem Licht die Welt verzaubert erscheinen. Die Nacht ist klar. Myriaden von Sternen schicken Jahrtausende altes Licht herab. Als Kerstin die Wolkenoberfläche erblickt, ist sie voller Entzücken. Märchenhaft schön! Zahllose kleine zauberhafte Gebilde entstehen und vergehen im gleichen Augenblick. Während des Überschwebens wirkt die Wolkenformation fest und stabil. Unterschiedliche Farbnuancen hüllen Kerstin und Helmut ein. Es ist eine völlig andere Welt. Das Mysterium Erde hält zahlreiche Überraschungen parat. Man muss sie nur sehen wollen.

Helmut zieht eine lang gestreckte Kurve. Dann geht es inmitten einer Wolke hindurch. Kerstin spürt deren sanften Wiederstand. Nach dem Durchflug steht direkt vor ihnen eine vom blaugelben Licht beleuchtete Blumenkohlwolke. Die vielen monströs wirkenden Knospen können ganze Familien beherbergen. An Stellen, an denen sich das Mondlicht besonders stark in den Eiskristallen widerspiegelt, hat Kerstin den Eindruck von brennenden Lichtern.

Sie will Helmut darauf aufmerksam machen, doch er hat bereits die Richtung eingeschlagen. Ganz nah fliegt er heran.

„Das ist unser Schloss, mein Schatz", sagt er feierlich.

Kerstin drückt sich stärker an seinen Körper.

Kindheitsbilder ziehen an ihr vorbei. Mädchen träumen oft von Schlössern und Prinzen. Beides hat sie gefunden.

Ein Windstoß verweht genau vor ihnen die Kristalle. Wie ein riesiges Portal öffnet sich der Himmel. In weiter Ferne zucken Blitze. Schwülwarme Luft trägt Gewitterduft heran. Kerstin riecht die Elektrizität in den Luftbläschen.

„Tut mir leid, Schatz. Aber wir sollten umkehren."

Ohne die Antwort abzuwarten, dreht er ab und geht in einem leichten Sinkflug über. Die Lichter der Stadt werden größer. So sehr sich auch Kerstin anstrengt, kann sie nicht genau sagen, wo sie sich befinden. Helmut jedoch hält unerschütterlich den Kurs.

Voller einzigartiger Eindrücke ist dieser Flug ein Meilenstein ihres bisherigen Lebens. Niemals wird sie diesen Moment des Glücks vergessen werden …

Unter ihnen taucht das Mietshaus auf. Helmut sieht, dass seine Balkontür weit aufsteht. Kerstin muss also bereits in der Wohnung gewesen sein, bevor sie vor der Haustür auf ihn wartete. Kurz überlegt er. Der Balkon ist breit genug und nicht überdacht. So wagt er es und setzt zur Landung an. Sicher aufkommend hilft er Kerstin, die weiche Knie bekommen hat, ins Wohnzimmer. Erneut umarmt sie ihn heftig. Dann umschließt die Nacht beide leidenschaftlich.

Eigentlich ist …

… die Geschichte hier zu Ende. Wäre da nicht der Morgen danach.

Die Sonne scheint. Blinzelnd öffnet Helmut die Augen. Sein schlaftrunkener Blick fällt auf Kerstin, die ruhig atmend neben ihm liegt. Es ist wie immer. Lang schaut er sie an. Völlig entspannt schlummert Kerstin im Reich ihrer Träume. Ob sie die Reise mit ihm nochmals erlebt? Für ihn als *Aeronauten* ein wundersames Gefühl, der Liebsten seine Welt erschließen zu dürfen. Die Angst, Kerstin würde ihn zum Teufel jagen, wurde nicht bestätigt. Ein Kribbeln im Bauch sagt ihn, er hat genau das Richtige getan. Ohne viele Worte ihr eröffnet, was Helmut so lange beschäftigt hat. So ist es gut. Jetzt hat sie einen Eindruck seiner Gefühlswelt. Und sie honoriert es mit sagenhaft viel Verständnis und Einfühlungsvermögen. Mehr kann ein Mann nicht erwarten.

Helmut setzt sich auf, schaut aus dem Fenster. Klarer Sonnenschein verspricht einen wundervollen Tag. Vögel zwitschern vergnügt. Manchmal bellt des Nachbars Hund. All diese Eindrücke wären vor ein paar Tagen noch unsichtbar an ihm vorüber gegangen. Heute jedoch gibt es einen anderen Helmut.

Wie spät mag es sein?

Er dreht sich, um die Uhr auf dem Nachttisch zu lesen.

„Guten Morgen, Schatz."

„Morgen."

Ein an die Nacht anschließender Kuss vervollkommnet den Tagesbeginn.

„Gut geschlafen?"

Sie haucht ein ja und umarmt ihn.

„Happy Birthday to you, happy birthday do you", singt sie leise in sein Ohr.

Verliebt wie am ersten Tag, hält er sie ganz fest an sich gedrückt.

„Danke, mein Schatz."

Er ist gerührt.

„Alles Glück dieser Welt – natürlich nur mit mir – Liebling."

„Das ist lieb. Aber ich hab doch schon Geburtstag gehabt."

Kerstin lacht.

„Du Verrückter. Nein, nein. Genau heute vor – lass mich überlegen –", sie macht übertrieben auf nachdenklich und tut, als muss sie erst nachrechnen, „vierzig Jahren. Na gut. Eigentlich bist du ja noch gar nicht da."

Helmut staunt.

„Wie das?"

„Du bist gut. Fünf Minuten vor Mitternacht hat dich deine Mama geboren." Kerstin spielt geschickt die Lehrerin. „Hast du das etwa vergessen?"

„Mit Sicherheit nicht, Schatz."

„Beim allerersten Date hast du es mir selbst gesagt."

Er nickt lächelnd. „Und du sagtest darauf: Erbsenzähler."

Beide lachen amüsiert.

„Doch Schatz, wie kommst du darauf. Der elfte …"

„… ist heute. Bist du vergesslich, mein armer Schatz?"

Jetzt nimmt Helmut erst wahr, dass es Kerstin ernst ist.

„Quatsch. Du warst doch an diesen Tag auf Lehrgang. Hab es sogar Paps erzählt. Er wollte unbedingt die Feier in seinem Garten ausrichten."

„Hä?"

Kerstin verzieht den Mund.

„Ja. Und Frau Putschinsk hat mir am Abend noch das Paket von Oma gegeben. Das, was ich dir nie gezeigt habe, Schatz."

„Du kannst es mir auch nicht gezeigt haben, weil heute dein Tag ist!"

Die Stimmung will kippen. Beide sind Stur-Köppe, wenn es darum geht, eine Meinung zu verteidigen.

„Du glaubst es nicht?"

Helmut schüttelt bockig den Kopf.

Behände springt sie aus dem Bett und holt ihr Handy, ruft den Kalender auf und hält das Display dicht vor Helmuts Nase."

Er liest, schüttelt gleichzeitig den Kopf. Nun steht er auf. Sein Smartphone wird den richtigen Tag anzeigen. Wer weiß, warum Kerstin ihn foppen möchte. Gleich wird es sich aufklären.

„Und?"

Helmut ist perplex. Sprachlos nimmt er hin, was für ihn zu hoch ist. Sollte der Alte etwa –? Kerstin beugt sich seitlich herüber. Ein breites ätsch-Grinsen unterstreicht ihr unausgesprochenes *Ich hab Recht*.

„Das gibt's doch nicht", murmelt er hilflos.

„Ist nicht dein Tag, oder?" Kerstin wird ernst. Helmuts betroffenes Gesicht ist nicht gespielt. Hat sie in ein Wespennest gestochen?

Nach einer geraumen Weile des Schweigens, in der jeder von ihnen eigene Gedanken hegt, durchbricht Kerstin die Stille.

„Bestimmt ist es dir nicht recht, dass ich da bin."

„Was? – Nein. Natürlich nicht."

„Dachte schon, nach der schönen Nacht …"

„Aber was ist mit der Weiterbildung?"

„Weiterbildung?"

Helmut nickt. „Deshalb …"

„Schatz", ihre Stimme ist einfühlsam zart und sanft. „Geht es dir nicht gut? Bleib noch ein bisschen liegen. Ich mach uns Frühstück."

„Schatz, mir geht es gut", sagt Helmut mit Nachdruck. „Sag mir eins: Wenn heute der Tag ist …, dann muss ich gleich ins Büro."

Sie streicht zärtlich über seine Wangen.

„Aber du hast dir doch Urlaub genommen. Die ganze Woche."

Hoffnung schimmert am geistigen Horizont. Wenn dem so ist, stimmt doch alles. Verwirrt erhebt er sich und geht ins Badezimmer. Kaltes Wasser lässt Helmut endgültig wach werden. Sprudelnd und prustend dreht er wärmeres hinzu. Der Abfluss in der Dusche schmatzt. Vieles spült fließendes Wasser ab; nur nicht das beklemmende Gefühl, nicht ganz Herr seiner Sinne zu sein.

Kerstin hatte nicht zu viel versprochen. Der Tisch ist reich gedeckt. Sogar Frühstückseier gibt es. Auf dem Tisch steht ein kleiner Strauß Vergissmeinnicht. Und die Krönung: sein Lieblingskuchen.

„Wann hast du denn den gebacken?"

Wahre Freude ist in seinem Gesicht geschrieben.

„Daheim. Du isst doch gern ‚Himmelstorte' – oder?"

In Kerstins Stimme klingt leichte Verunsicherung mit.

„Hm", macht er, sich über den Bauch streichend.

„Übrigens, dort drüben steht das Geschenk deiner Großmutter."

Da ist es wieder. Im Magen beginnt ein unheilvolles Ziehen.

„Ich weiß was drin ist."

Klack.

„Fantastisch die Eier."

„Willst du es nicht doch öffnen?", hakt Kerstin nach.

Mit vollem Mund verneint er.

„Sie lässt dir aber ausrichten, dass es dir garantiert gefällt."

„Hast du mit ihr gesprochen?"

„Ja. Vorgestern in der Stadt. Ich bin abends noch extra bei ihr vorbei gefahren, weil ich ihr erzählt hab, dass ich dich überrasche."

Helmut löffelt im Ei.

„Nun mach es doch auf, Schatz ... Bitte."

„Später. Ist nicht wichtig."

„Ich erkenn dich gar nicht wieder. Sonst kannst du es nicht erwarten."

„Ich habe mich eben – geändert. Soll vorkommen."

„Über Nacht? Halt ich für ein Gerücht ..."

Damit Kerstin Ruhe gibt nimmt er das Päckchen in die Hand. Umständlich knotet er das Geschenkband auf.

„Was meinst du denn, was drin ist?"

„Ein Amulett. Manche nennen es auch Münze. Passt gut hier rein."

„Amulett? Familienerbstück?"

Daran hat Helmut überhaupt nicht gedacht. Nach kurzem Überlegen schüttelt er mit dem Kopf.

„Nein. Weiß nicht, wie sie dazu kam."

„Dann bin ich ja mal gespannt."

„Nichts Besonderes. Zwei chinesische Zeichen. Lateinischer Rund-Text."

„Hört sich doch spannend an, Schatz."

Als Helmut die Schachtel öffnet, schmeißt er fast noch den Kaffee um. *Bin ich im falschen Film?*

„Sieht aber nicht nach einem Amulett aus ..."

„Nein ... das ist ..."

Im Zwiespalt mit dem erinnerten und tatsächlichen Aufnahmevermögens nimmt er zittrig die kleine Karte. Wenigsten die Handschrift ist ihm vertraut. Kurz und bündig schrieb sie: „Erinnerst Du Dich?"

„Was hat es mit dem Ding da auf sich?"

Das Ding ist ein azurblau schimmernder Perlmuttdolch.

„Ein altes Prunkmesser. Aber rein ideell von Wert."

Mehr bekommt Kerstin nicht aus ihn heraus.

Nach dem Frühstück geht Helmut wortlos ins Wohnzimmer. Um auf andere Gedanken zu kommen, schaltet er das Fernsehgerät ein. Auf dem riesigen Flachbildschirm läuft gerade eine Vorinformation eines Dokumentarfilmes. Abwesend nimmt er im Sessel nur vage das Gezeigte wahr. Was Helmut aufstößt ist der Name, den die Journalistin nennt: Gioele Wyss! Schnell dreht er den Ton lauter.

„… und ist für den Oscar nominiert."

„Das freut uns ungemein", antwortet genau der Gioele, mit dem er am Dreitausender zusammen traf. „Mein Team hat Tag und Nacht gearbeitet. Vieles erlebt. Die Anstrengung hat sich zweifelsfrei gelohnt."

„Gedreht wurde in den Schweizer Bergen?"

„Ausschließlich. Dabei gelangen uns die besten Aufnahmen. Doch", er blickt direkt in die Kamera, „lassen Sie sich zu Hause an den Schirmen einfach überraschen."

„Wir danken und drücken Ihnen die Daumen, Herr Wyss."

Helmut gibt einen nicht definierbaren Laut von sich.

„Ist was?"

Nach Atem ringend deutet er zum Fernseher.

„Ich kenn den."

„Wen?" Kerstin hat sich diesen Tag irgendwie anders vorgestellt. Entspannter …

„Den vom Film."

Doch es läuft gerade Werbung; somit kann sie Helmut nicht ganz folgen. Betrübt geht sie in die Küche.

Für Helmut ist der Start in den Tag ungewöhnlich fremd. So

kennt er sich nicht. Wütend springt er aus dem Sessel. Geht auf den Balkon, spürt die warme Sonne auf der Haut.

,Eigentlich ist doch alles in Ordnung. Lass dich nicht verrückt machen, Junge! Geh deinen Weg und sei wie du bist.'

„Lass uns an den See fahren, Schatz", schlägt er Kerstin vor, nachdem er sich gesammelt hat. „Lass uns den Tag genießen. Nur wir zwei."

„Und deine Freunde? Was ist, wenn einer auf die Idee kommt, her zu kommen?"

„Der Tag gehört dir, mein Schatz."

„Dein Wunsch?"

„Ist es dein oder mein Tag?"

Kerstin lacht. *Ja, das ist mein Helmut.* Verzückt küsst sie ihn.

Am Abend sitzen beide bei einem Glas Rotwein auf dem Balkon. Der Himmel nimmt eine goldfarbene Färbung an, die im Kontrast zu dem Blau für eine wundervolle Stimmung sorgt.

„Das ist ein schönes Bild", sagt er leise. „Sieh dir diese Wolken an, wie sie angestrahlt werden."

„Wie im Märchen. So stell ich es mir vor ..."

Verträumt blicken sie hinauf in den Abendhimmel.

„Machst du ein Foto?"

„Ähm ... Soll ich?"

Ihr Blick wird traurig.

„Klar, mach ich das."

Helmut holt die Kamera. Als er sie einschaltet, erscheint die Fehlermeldung *Speicherkarte voll.* Dass Prozedere kennt er ja. Rasch fährt sein Notebook hoch und die Bilder wandern auf die Festplatte. Einige Dateien sind sehr groß. Helmut doppelklickt auf einer. Leider braucht der Computer lang, um das Video zu starten.

Damit Helmut das abendliche Ereignis noch festhalten kann, geht er eilend zurück auf den Balkon. Gerade noch rechtzeitig.

Im Sekundentakt ändert sich die Ansicht. *Knips. Knips. Knips.*

Kurz darauf bleibt nichts mehr übrig vom goldenen Himmel. Engumschlungen steht Kerstin neben ihn.

Einhundert Prozent. Die Software hat die fünfzehn Gigabyte-Datei in den Arbeitsspeicher geladen. Nach kurzem Ruckeln spielt sie den Film ab. Anfangs verwackelt, zeigt es eine Flugaufnahme. Sanft geht es segelnd über einen Wald. Im Hintergrund ist verrauscht der Ruf eines Sperlingskauzes zu hören. Und unten, am rechten Rand, ist das Datum eingeblendet. Ein Datum, das vierzehn Tage in der Zukunft liegt …

E ~ N ~ D ~ E